中華經典的智慧

潘銘基 著

以古人智慧為座右銘

前事之不忘，後之師也。

——賈誼

以上是漢代的賈誼在〈過秦論〉裏曾經說過的一句話。記取過去的經驗教訓，可作為今後行事的鏡鑑。這說明今人的行事，每多建基在古事之上。

要掌握身邊發生的事情，使自身可以從容應對，尋找古人的智慧作為錦囊，實為良方。訴諸古人，訪求古事，提供前人經驗作為今日行事的支點。成功與否，也構成了古與今的一點契合。五倫說的是君臣、父子、兄弟、夫婦、朋友五種人際關係，說到朋友一倫，唐君毅先生〈與青年談中國文化〉指出：

朋友之範圍，愈大愈好。一鄉之善人，友一鄉之善士，天下之善人，友天下之善士。朋友師生之倫之擴大，人可尚友千載，神交古人。不僅聖人為百世之師，而人類歷史文化之世界中，一切我所欣賞、讚美、佩服、崇敬愛戴之人物，皆可在我們發思古之幽情時，成我們之師友。唯我們之師友之範圍，可以橫面擴至天下之善士，縱面擴至古今之賢哲；然後吾人

> 之精神乃能日趨于博大與敦厚；然後民族之各地之學術文化，乃更能交流而互貫，以趨于充實，而過去之學術文化，能不斷獲得新生命之滲入，而日新其光輝。

這段文字説得真好，説出了兩個重點，一是文化是傳承的、日新的，二是今人應當上友古人。因此，困乏之時，疲憊之時，我們更應該翻開古書，看看古人的生活智慧，以作今人行事的參考。齊桓公何以能成為春秋五霸、壽陵少年盲從附和引起甚麼問題、季布一諾的意義何在、為何周成王集合眾長乃成功之道，此等故事，雖已距今久遠，但現在看來仍然歷久常新，毫不過時，將千年間距頓時縮減而至於無。

古代典籍數量眾多，浩如煙海，涵泳其中，提煉菁萃並非易事。同時，每部典籍皆有其著述的原委，要悉數觀之，未免如同癡人説夢。另一方面，魏晉六朝以前，書寫材料未盡普及，文人自是惜墨如金，因而著述多為精品，最堪深入體會。前作《孔子的生活智慧》、《孟子的人生智慧》已經出版多年，算得上是受到讀者的歡迎。是書雖然沒有選錄《論語》、《孟子》之文，但孔子、孟子的話語仍然存在書中。全書分為六章，選錄了六部古書合共三十個故事。六部古書分別是《左傳》、《莊子》、《史記》、《説苑》、《列女傳》、《世説新語》。此等典籍的成書時代，由戰國初年至六朝，跨幅頗大，涵蓋了經部、史部、子部，而以故事性較強的選文為主。目的旨在透過閱讀古人智慧，為今天的生活注入「源頭活水」。

　　《左傳》雖然位列《十三經》，但選篇的重點並不在其經學意義。此書極具故事性，敍事時候頗具張力，後世甚至有學者以為《左傳》是中國古典小說之祖。其中所反映的外交與戰爭，構成了一道美麗的春秋人文景觀。《莊子》出自莊周，內有許多寓言故事，闡發着莊子哲學的大道理。道家似乎導向消極，其實沒有曾經積極，又當如何主張消極？《莊子》裏耐人尋味的小故事，永遠滌蕩着我們的心靈。司馬遷《史記》並非客觀的歷史，而是司馬氏用主觀的目光觀察上古至漢武的人和事。「究天人之際，通古今之變，成一家之言」，乃是全書一百三十篇的寫作宗旨。魯迅認為《史記》是「史家之絕唱」，《史記》之後沒有史書可超《史記》，後人讀之自是獲益匪淺。接下來是兩部劉向編撰的著述，一是《說苑》，二是《列女傳》。《說苑》是一部分門別類的古代故事集，有着後世類書的雛形。在某一特定主題下，援引若干故事，並在每個故事後引伸出一套大道理。編撰此書，目的在於向君主進諫，後人觀之，自可視為對行事的警誡。《列女傳》關注的是女性，同樣旨於向在上位者諷諫。劉向一片丹心，可昭日月。《世說新語》載錄了漢魏六朝人的言行，全書以對話為主，名士高行在在可見，最可為身處在煩囂世界的人們帶來片刻的慰藉。

　　本書各篇，先概略勾勒故事的梗概，復申之以該故事賦予今人的意義。《左傳》等五書因其篇幅稍長，遂不作全文引錄，只由筆者摘錄箇中文句以作解說。《世說新語》因其篇幅短小，因而在敍述之初先援引原文。為免文言文原文障隔了上友古

人的可能,故筆者多於各篇略作白話解釋,主要參考自沈玉成《左傳譯文》、陳鼓應《莊子今註今譯》、安平秋《史記全譯》、王天海《說苑全譯》、張濤《列女傳譯注》、柳士鎮等《世說新語全譯》。是次蒙匯智出版羅國洪先生邀稿,草就此書,在此謹申謝忱。本書不足之處尚多,還望四方君子不吝賜正。

潘銘基

序於香港中文大學
教職員宿舍第十一苑
2023 年 8 月

目錄

自序 iii

第一章：《左傳》

1.1 多行不義必自斃的共叔段 7

1.2 石碏大義滅親 11

1.3 虞與虢的唇亡齒寒 16

1.4 齊桓公、欒書的從善如流 21

1.5 有備無患的魏絳 26

第二章：《莊子》

2.1 不願越俎代庖的許由 36

2.2 望洋興嘆的河伯 40

2.3 壽陵少年的邯鄲學步 44

2.4 無用之用的山中之木 49

2.5 匠石運斧談合作 54

第三章：《史記》

3.1 彼此信任的管仲與鮑叔牙 65

3.2 一諾千金的季布 69

3.3 淮陰侯韓信的胯下之辱 74

3.4 不令而行的飛將軍李廣 79

3.5 一鳴驚人的齊威王 84

第四章：《説苑》

4.1 互相幫助的蟨與蛩蛩巨虛 95

4.2 螳螂捕蟬，黃雀在後 100

4.3 耳聞不如目見的魏文侯 105

4.4 博採眾長的周成王 110

4.5 明鏡照形與往古知今 114

第五章：《列女傳》

5.1 斷機教子的孟母 124

5.2 不取不義之財的田稷母 129

5.3 陰德陽報的孫叔敖 133

5.4 正直辭達的鍾離春 138

5.5 明哲保身的僖負羈妻 143

第六章：《世說新語》

6.1 使人肅然起敬的惠遠和尚 155

6.2 割席斷交的管寧與華歆 160

6.3 鋒芒過露的楊修 165

6.4 正氣凜然的祖逖 170

6.5 患難見真情的荀巨伯 174

第一章

《左傳》

春秋左傳卷之一

隱公

惠公元妃孟子。孟子卒，繼室以聲子，生隱公。宋武
公生仲子。仲子生而有文在其手，曰為魯夫人，故
仲子歸于我，生桓公而惠公薨，是以隱公立而奉
之。

元年春王正月。三月。公及邾儀父盟于蔑。夏
五月。鄭伯克段于鄢。秋七月。天王使宰咺來歸惠
公仲子之賵。九月。及宋人盟于宿。冬十有二月。
己未。

　　《左傳》是傳統的十三經之一，又稱《左氏春秋》、《春秋左氏傳》、《春秋內傳》等。《左傳》是編年體史書，記載了春秋時代二百多年的歷史。《春秋》原為魯國史書，記載了魯隱公元年（前 722）至魯哀公十四年（前 481）的天下大事，後來我們便用了「春秋」二字來稱呼這段二百四十二年的歷史。

《春秋》與三《傳》

　　《春秋》載事十分簡略，宋人王安石甚至批評此書是「斷爛朝報」。由於言簡意賅，書中隱藏了許多微言大義，而《公羊傳》、《穀梁傳》、《左傳》便是三部解釋《春秋》的著述。其中前二者皆是以問答形式出之，明顯地為附經而行的「傳」。《左傳》則不然。《左傳》載事雖然同樣始於魯隱公元年，但卻訖於魯哀公二十七年（前 468），如果《左傳》乃是輔佐《春秋》的「傳」，則不可能經文結束而傳文尚未完結。而且，跟另外兩部同樣與《春秋》關係密切的《公羊傳》和《穀梁傳》相比，《左傳》所載故事首尾完整，自成系統，幾乎可以脫離《春秋》而獨立觀看，與《公羊》和《穀梁》必須依附《春秋》有着頗大的分別。

　　《春秋》與《左傳》的關係如何理解呢？讓我們舉例說明。《春秋・宣公二年》：「秋，九月，乙丑，晉趙盾弒其君夷皋。」這段經文只有十三字。意思是在魯宣公二年（前 607）的秋九月乙丑天，晉國的趙盾殺害了他的君主晉靈公（夷皋）。在《左傳》裏，用了六百四十多字，繪形繪聲地細緻描述了趙盾弒君的始末。顯而易見，《左傳》並非在注釋《春秋》，而是為《春

秋》補充資料。可以這樣説，如果沒有《左傳》，我們很難明白《春秋》要説些甚麼，更遑論在闡發甚麼微言大義了。《左傳》描寫了晉靈公不是稱職的君主，他會在臺上彈丸，並以觀人避丸為樂；此外，他也殺了將熊掌煮不熟的廚子。趙盾與士季屢次勸諫晉靈公但不果，而靈公漸生厭惡，派遣了刺客鉏麑往殺趙盾。但因趙盾為人正直，使鉏麑下不了手，最後鉏麑自盡而亡。晉靈公欲於宴會裏設下埋伏殺趙盾，但趙盾身邊的武士提彌明及時發現，與趙盾且戰且退，逃離現場。此外，《左傳》又補充了翳桑餓人的故事。最後，《左傳》明確指出殺害晉靈公的是趙盾之姪趙穿。《春秋》的簡約，與《左傳》的繁富，在上例中便已展示出來。

有關左丘明

　　《左傳》的作者相傳是左丘明，但中間牽涉許多問題。《春秋》與《左傳》關係密切，如果孔子在晚年回魯後始編纂《春秋》，而左丘明必待《春秋》完成後才可作傳。然在《論語》裏曾經有左丘明的記載，觀其行文，其人乃是孔子的前輩。而孔子在六十八歲歸魯時撰《春秋》，則垂垂老矣的左丘明如何編纂篇幅更鉅的《左傳》，委實存疑。不過，一般來説我們已經習慣稱左丘明是《左傳》的作者，姑且存其舊説，不煩改作。

春秋時代的人和事

就內容而言,《左傳》記載了春秋時代的人和事。書中有名有姓的人物接近三千人,通讀一遍,便能深入了解時人行誼。下文選讀了五個故事,此中出現的鄭莊公、共叔段、石碏、州吁、荀息、宮之奇、齊桓公、欒書、晉悼公、魏絳等,皆個性突出,形象鮮明,予人深刻的印象。又如鄭國大夫子產的善於辭令,宋國大夫四朝元老華元的不臣,楚國令尹子玉的驕橫,《左傳》皆描寫得生動逼真。《左傳》透過歷史事件的敍述展現人物,而人物則以自己的語言、動作、行為顯示他在歷史事件中的地位和作用。由於《左傳》為編年體的典籍,而同一事情不可能分開每年逐一敍述,因此《左傳》便用上了「倒敍」、「插敍」等寫作手法。例如在《左傳》中〈僖公二十三年〉、〈僖公二十四年〉的敍述裏,便已經為寫作晉文公重耳的列傳而張本。《左傳》寫他流亡二十年的經歷,主要集中在僖公二十三、二十四年裏。重耳離開狄地,要求季隗等他二十五年而後嫁,可見他對前途缺乏信心;過衛,「乞食於野人,野人與之塊」,發怒,意欲鞭打野人;到達齊國,安於逸樂,仍是深宮的公子本色。後來,重耳到了楚國,與楚成王有「辟君三舍」的對話,不卑不亢,楚成王評之為「廣而儉,文而有禮」。重耳於僖公二十四年返回晉國,能容納刺客寺人披和叛逃者頭須,撇開個人恩怨而着眼於政治上的得失。此後,伐中原以表明言而有信,懲處魏犫、顛頡以嚴明法紀,並在城濮之戰擊敗楚國,成為霸主。如此過程,可見晉文公重耳的成長與轉

變，將二十年的事情在兩年傳文裏交代，反映了《左傳》在狀寫人物的技巧與成就。

文字之美

呂思勉《經子解題》：

> 三傳文字，自以《左氏》為最美。其文整齊研練，自成風格，於文學上關係極巨。《左氏》係編年體，其文字一線相承，無篇目，不能列舉其最美者。大抵長篇詞令敍事，最為緊要。但短節敍事，寥寥數語，亦有極佳者，須細看。

呂氏特別指出《左傳》的長篇詞令敍事，乃是書中最要緊之處。所謂長篇也者，敍寫戰爭的篇章當可取以為例。春秋時代，戰爭連綿不斷，《左傳》裏描寫了五大戰役，包括晉楚城濮之戰、晉楚邲之戰、齊晉鞍之戰、秦晉殽之戰、晉楚鄢陵之戰。梁啟超《要籍解題及其讀法‧讀左傳法之二》說：

> 《左傳》文章優美，其記事文對於極複雜之事項——如五大戰役等，綱領提挈得極嚴謹而分明，情節敍述得極委曲而簡潔，可謂極技術之能事。其記言文淵懿美茂，而生氣勃勃，後此亦殆未有其比。又其文雖時代甚古，然無佶屈聱牙之病，頗易誦習。故專以學文為目的，《左傳》亦應在精讀之列也。

例言之，秦晉韓之戰敘寫晉惠公背信棄義，特別是「晉饑，秦輸之粟；秦饑，晉閉之粟」的以怨報德；晉楚城濮之戰，先敘楚國統帥子玉治兵剛而且暴，以及蔿賈的議論，說明楚成王用帥不當，後敘晉國統帥先軫、子犯分析問題的周密、玩弄權術的熟練；秦晉殽之戰敘寫秦國乘晉文公去世的國喪之危，勞師遠襲，又以蹇叔哭師點題。三場大戰不同的敘述都預示了戰爭的結果。[1]

　　寫人敘事，都是《左傳》的強項，後世學者甚至認為此書乃古典小說的濫觴。以下讓我們以人物為綱領，看看春秋時代人物的行事對後世的啟迪。

延伸閱讀

1. 張高評《左傳導讀》
2. 沈玉成、劉寧《春秋左傳學史稿》
3. 楊伯峻《春秋左傳注》
4. 王維堤《左傳選評》
5. 方朝暉《春秋左傳人物譜》

1　以上有關《左傳》描寫戰爭與人物，參自沈玉成、劉寧：〈《左傳》的文學價值〉，《春秋左傳學史稿》（南京：江蘇古籍出版社，1992 年）。

1.1

多行不義必自斃的共叔段

中國傳統倫理有所謂「五倫」，其中兄弟一倫，珍視的是兄弟和睦，兄友弟恭。父母不可能陪伴子女走遍一生，唯有兄弟如同手足，可以一直相伴左右，互相扶持。可是，在《左傳》裏的第一個故事（《左傳・隱公元年》），卻記載了鄭莊公與弟弟共叔段反目成仇的倫常悲劇。

鄭莊公的「逆生」

鄭莊公與共叔段是同母兄弟，可是母親武姜（鄭武公夫人）並不喜歡鄭莊公，歸根究底，乃因莊公是一個難產兒。一般嬰兒在出生的時候，都是頭部先出；莊公「逆生」（《左傳》稱為「寤生」），即腳部先出。母親的不喜歡，並不妨礙莊公繼承鄭國大統，可是母親更愛弟弟共叔段卻是事實。

鄭莊公即位後，共叔段一直貪得無厭，苛索無度。首先，共叔段以地勢險要的制作為封邑，莊公不答應。及後，共叔段以京作為封邑，但所建的都城過大，不符合制度。鄭莊公身邊的大臣都很擔心，認為共叔段不守規矩，而且母親武姜貪得無厭，不會滿足，希望莊公可以及早解決問題。《左傳》說：「不如早為之所，無使滋蔓。蔓，難圖也。蔓草猶不可除，況君之

寵弟乎？」大臣們希望莊公要及早加以安排，不要讓這種不合制度的做法在全國蔓延。一經蔓延便難於對付了。蔓延的野草尚且不能鋤掉，何況共叔段還是母親武姜的愛子。

任由共叔段多行不義

在古代，同父異母的兄弟大多關係欠佳，親兄弟則少有這種情況。鄭莊公與共叔段乃是親兄弟，關係卻異常疏離，達至「不是你死就是我活」的狀態。細究其由，實在是母親武姜只愛共叔段而不愛鄭莊公所致。

面對親弟僭上之舉，鄭莊公沒有早日平息，不聽大臣進諫，而是講出了一句令人心寒的說話：「多行不義，必自斃，子姑待之。」做了那麼多不正當的事，必然會自招滅亡的，請姑且等着吧！共叔段盡得母親的歡心，而鄭莊公缺乏母愛，居然採用等待親弟自亡的方案。清人金聖嘆云：「『自』之一字，何其為心陰毒磽刻之至於斯也？」兄弟之間，深仇大恨如此，確實是人間悲劇。

結果，共叔段在母親武姜的裏應外合下，進攻鄭國都城。不過，鄭莊公早有準備，輕鬆地瓦解了這次意欲謀朝篡位的政變，而共叔段也只能流亡他國（有說鄭莊公殺了共叔段，也有說共叔段自殺），武姜則在最後與鄭莊公和好如初。

其實，共叔段的「多行不義」，源自母親武姜的過分縱容。鄭莊公一直礙於母親之故，不能早日對付共叔段。後來，鄭莊公對母親的行徑深惡痛絕，揚言「不及黃泉，無相見也」，意

即今生今世不再與母親相見。但缺乏母愛的鄭莊公很快便後悔了。幸得潁谷封人潁考叔獻上妙計，鄭莊公使人「闕地及泉，隧而相見」，掘地及至發現泉水之處，與母親在隧道裏相見。君無戲言，而又可盡孝心！

等待適當的時機才出手

「多行不義」一詞，包括了兩個重要部分，一是「多行」，二是「不義」。「義」是合宜、合適的意思，「不義」便是不合宜、不合適的意思。甚麼事情是合宜，甚麼是不合宜，沒有具體的事件，難以言詮。孔子曾經說：「不義而富且貴，於我如浮雲。」做不正當的事而得來的富貴，孔子看得如同浮雲一樣。不合適、不正當的事情不要去做，我們都應該明白。

如果共叔段只是做錯了一件小事，而鄭莊公便大興問罪之師，或許朝中大臣會幫忙乞求饒恕，或許母親武姜會出手阻撓，出現任何一種情況，鄭莊公都不能徹底解決共叔段。於是，容許共叔段多次做了不義的事情，便成為鄭莊公制勝的手段。等待共叔段自己累積了多次的壞事，意欲襲擊鄭國首都，而母親也準備城門大開，讓小兒子率軍進來。靜待時機，一切成竹在胸的鄭莊公才施施然說：「可矣。」讓對方不斷累積不利因素，便等同增加了自身的有利條件，能夠伺機而行，便是鄭莊公成功的關鍵。

做事成功與否，往往與時機是否合適關係密切。例如在一個機構裏，就算看見眼前種種的不合理，影響機構健康發展，

但自己不在高位，人微言輕，「子姑待之」是暫時唯一可行的辦法。在不適當的時候大放闕詞，別人不見得會接受之餘，也很容易將自己陷於尷尬的位置。「多行不義」的是共叔段，但沒有鄭莊公耐心等待，親弟專橫的問題也不容易解決。

不義之事不應做

不義之事做多了，下場悲慘，能夠反躬自省，才能問心而無愧於天地。立身處世，最好當然是不要做不義之事，不要立於危牆之下，而不是將重點放在做多與做少之上。

人類是一種做多了便會習以為常的動物，不義之事也相同。將不義之事當作是平常不過，把歪理看成至理，以至麻目，如此情況也不罕見。遇上了這樣情況，我們要堅守個人的原則，不偏不倚，憑着良心做事，以義戰勝不義。

義與不義，合適與否，視乎原則的問題。不義之事，行事者未必認為事有不義。甚麼是原則？道德原則就像是真理，不可隨時隨地遷移，而應當恆久不易。曾經有一次，看到一些教育政策文件，內裏寫着道德價值觀當與時並進。看了以後，我大吃一驚。道德價值有着的是大是大非，並不可以隨時變化。我們時常聽甚麼核心價值之類的說法，核心價值就是無可改易的，要持之以恆的。核心價值以外，自當有許多周邊的價值，這些可以補充，可以增刪，可以與時並進。年歲漸長，不妨回首過去，甚麼事情過去不恥做，現在卻做了；此時此刻，我們便應該立即審視自己立身處世的大原則與小原則！

1.2

石碏大義滅親

五倫是傳統儒家倫理原則的五種德目，《左傳·文公十八年》指出上古堯舜時代，君王教導四方臣民「父義、母慈、兄友、弟恭、子孝」。《孟子·滕文公上》記載帝堯之時，指派契為司徒，掌天下教化，「教以人倫：父子有親，君臣有義，夫婦有別，長幼有序，朋友有信」。父子之間強調的是親愛，父慈子孝，本是天經地義。可是，在《左傳·隱公四年》卻有石碏大義滅親的故事。

乘亂而立的州吁

身處亂世之中，當局者迷，我們未必會察覺得到。世道是否亂離，往往交由後世判斷，所謂蓋棺而定論是也。春秋時代，百家爭鳴，學術思想百花齊放，教人嚮往。可是，在這個諸侯國分立的時代，今天我們看來，也是混亂不堪的。

州吁是衛莊公的庶子，衛桓公的異母弟。州吁是莊公寵妾所生，自小缺乏教養，不知修德，野心勃勃，一直覬覦着兄長的衛君之位。但州吁乃是庶出，故不得立。後來，兄長即位為衛君，州吁便逃到國外。十六年後，州吁聚集了其他流亡在外的衛國人，潛回故國，且襲殺了衛桓公，自立為衛君。

衛大夫石碏在莊公之時，便曾勸告要好好教養州吁。可是，衛莊公卻命令州吁統領軍隊。石碏諫曰：「庶子好兵，使將，亂自此起。」（《史記・衛康叔世家》）石碏勸說，若派遣州吁為將而亂事將起，但衛莊公不聽，因而埋下禍根。

眾叛親離難久安

天下紛亂，州吁殺害兄長而自立，如能自此偃武修文，或許能夠開創衛國之新局面。可惜，州吁為人驕奢放恣，本非治國良材。魯隱公與他的臣子眾仲便曾經有以下的評論：「夫州吁阻兵而安忍，阻兵無眾，安忍無親，眾叛親離，難以濟矣。夫兵，猶火也。弗戢，將自焚也。夫州吁弒其君，而虐用其民，於是乎不務令德，而欲以亂成，必不免矣。」眾仲指出，州吁為人仗恃武力而安於殘忍。仗恃武力便不得群眾支持，安於殘忍便無親附的人。群眾背叛，親人離開，事情便難以成功。用兵之道便就像火一樣，如不加止息，反會將自己焚燒。州吁殺了其兄長衛桓公，又暴虐地使喚百姓，不勉力從事於美德，反而想利用戰亂來謀取成就，肯定不能免於禍患。

亂離之際，有危有機，繼續混亂下去，當然不利於管治，亦非可以長治久安之法。然而，由亂轉治，正是亂離所帶來的契機。古今中外，無論何時何地，改朝換代很多時候便緊接着太平盛世。誰人有能力中止亂世，平治天下，便可以開創新時代、新局面。州吁不懂攻守異勢之道，既已殺害兄長，自立為君，卻不把握時機，止暴制亂，回復社會秩序，最終亦只落得

悲劇下場。

明白事理的石碏

石碏乃是衛國忠臣，早在州吁亂事未生之時，便已經規勸衛莊公要注意教育州吁，可惜莊公不聽，因而招致後禍。《左傳‧隱公三年》記載石碏向衛莊公進諫：

> 臣聞愛子，教之以義方，弗納于邪。驕奢淫佚，所自邪也。四者之來，寵祿過也。將立州吁，乃定之矣；若猶未也，階之為禍。夫寵而不驕，驕而能降，降而不憾，憾而能眕者，鮮矣。且夫賤妨貴，少陵長，遠間親，新間舊，小加大，淫破義，所謂六逆也。君義，臣行，父慈，子孝，兄愛，弟敬，所謂六順也。去順效逆，所以速禍也。君人者，將禍是務去，而速之，無乃不可乎！

石碏指出，喜歡自己的兒子，便應當以道義教育之，不要使他走上邪僻之路。驕傲、奢侈、放蕩、逸樂，便是邪僻的開始。四種惡習之所以出現，實出寵愛與賞賜太過。莊公寵愛州吁，如欲立之為太子，便應早日下決定；決定如不早下，會逐漸釀成禍亂。受寵而不驕傲，驕傲而能安於地位下降，地位下降而不怨恨，怨恨而能克制，人能如此甚為罕見。此外，低賤的妨害尊貴的，年少的凌駕年長的，疏遠的離間親近的，新的離間舊的，弱小的欺侮強大的，淫欲的破壞道義的，乃是六種反常

現象。石碏認為國君行事得宜，臣子服從命令，父親慈愛，兒子孝順，兄愛弟、弟敬兄，乃是六種正常現象。離棄正常的而效法反常的，恐怕很快便會招致禍害。為君主者，應該盡力於去掉禍害，現在卻反而加速其到來，並不可取。

石碏所言，字字鏗鏘，可是忠言逆耳，衛莊公沒有採納其意見，從而導致州吁及後的亂事。教導子女的方法，往往是當局者迷，旁觀者清。衛莊公以為盡量滿足兒子的訴求，便是愛兒的方法了。這完全是「愛之適足以害之」的情況。今天，我們會看見許多父母過分溺愛子女，以為這便是對子女的愛。例言之，有些父母會特別照顧子女的飲食嗜好，將子女喜歡的食物放在其面前，讓他獨自大快朵頤，旁若無人。如此下來，子女會自感高人一等，變得自私，沒有同理心，無視他人的存在。

石碏教子

石碏向衛莊公進諫，認為教子必以義方，遺憾的是石碏自己的兒子石厚居然為州吁賣命。當石厚問父親如何可以安定君位，石碏便向兒子說朝覲周天子，便可取得合法地位，而陳桓公受到周天子信任，可請陳國代為請求，如此可得周天子的認同。於是，石厚和州吁一同來到陳國。另一方面，原來石碏早已下了大義滅親的決心，更派人到了陳國，說：「此二人者，實弒寡君，敢即圖之。」向陳國表明州吁與石厚二人合謀殺了原衛國君主，請求陳國捉拿他們。清人蔣銘《古文彙鈔》眉批

云：「子從弒君之賊，國之大逆，不可不除，故云大義滅親。」指出石碏的痛苦在於兒子追隨弒君的州吁，故不可不作出大義滅親之舉。

結果，衛國人派員在陳國殺了州吁，而石碏派了自己的管家在陳國殺了石厚。這便是著名的「大義滅親」故事。這裏所滅的「親」是兒子，大義滅親可以包括父母子女這一類至親的家人。

我們經常說要明辨是非，稜角分明，實際上卻難以做到。石碏大義滅親，乃因兒子與暴君州吁為一伙，助紂為虐，是非不分。如果從石厚的角度觀之，他輔佐主公，想盡方法令州吁得到周天子的任命，錯在何處？在大義滅親的背後，雙方都要有共同的原則，才有滅親而心悅誠服的可能。

近年來，人們喜歡說：「生仔要考牌。」把孩子生下來並不難，如何教養才令人大費周章。努力讀書，琴棋書畫皆精，出人頭地，固然是天下父母的盼望；學習所有事情其實只是為了明辨人生裏的是與非，這才是教育果效彰顯的一刻。

1.3

虞與虢的唇亡齒寒

事情之間，關係密切，環環相扣，不可分割，牽一髮便動全身。就像嘴唇和牙齒，嘴唇沒有了，牙齒就會感到寒冷。唇亡齒寒的故事，見於《左傳·僖公五年》。

晉、虞、虢三國的關係

在這三個諸侯國裏，晉是大國，而虞、虢只是小國，實力上跟晉國有極大差異。從地理位置上看，虞國處於晉都新絳與虢國之間。晉國與虞國無仇無怨，故不欲先吞併虞國。至於虢國，虢公本為周天子的卿士，在晉國內亂之時，周天子嘗派遣虢公率師討伐曲沃的莊伯和武公，與晉獻公的祖父兩輩結下恩怨。而且，晉獻公即位後，不久便「盡殺群公子」（《左傳·莊公二十五年》），有些漏網之魚卻逃到虢國。再者，虢國每多在晉國南部挑起事端，製造麻煩。因此，晉國一直伺機攻擊虢國。

春秋時代戰爭連年，但戰勝的一方每多不以滅國為目的，而只是希望能夠稱霸諸侯，甚至是希望得到周天子承認其霸主的地位。戰國時代的戰爭則截然不同。此時的戰爭大部分只是以無道伐無道，孟子便對這類戰爭非常反感。當然，如果戰爭

是出於替天行道，懲罰暴虐百姓的諸侯，如此天兵天吏，則受到老百姓歡迎。

回到晉、虞、虢三國的問題上，晉有伐虢之心，可是虞在二國之間，如要伐虢，必須取道虞國。這種情況無論在古今中外都是難以處理的，但虞君為人貪婪，讓晉國大夫荀息想出一條妙計。

荀息的建議

要向虞國借路伐虢，晉大夫荀息認為要動之以利。《左傳・僖公二年》說：「晉荀息請以屈產之乘，與垂棘之璧，假道於虞以伐虢。公曰：『是吾寶也。』對曰：『若得道於虞，猶外府也。』」荀息向晉獻公請求，希望能用屈（晉國邑名）出產的馬，以及垂棘出產的璧玉向虞國借路來進攻虢國。晉獻公起初不太願意，認為二者乃是晉國的寶物。但荀息為人有大局觀，認清事情的利弊。因此，荀息指出如能藉此借得伐虢的路，此等寶物不過是暫時放在虞國，就像放在宮外的庫房裏一樣。晉國與虞、虢二國實力懸殊，背後的意思是待滅了虢以後，虞國也就是囊中之物，名馬和美玉便能重歸晉國。

荀息的建議是深謀遠慮的。放棄眼前的小利，進而獲得更大的利益，更為可觀。與其說爭利，倒不如說成是不必只着重眼前的利益，而是應該目光遠大。在現代社會裏，我們會指責某人目光短淺，缺乏大視野，只顧小恩小惠，而不知道長遠的利與弊。例言之，父母常希望孩子能夠用功讀書，將來可以

避免幹粗活，不用風吹雨打仍可以貢獻社會。但是，孩子更多的時候只能看到自己眼前的苦與樂，二三十年後的人生將會如何，不可能一一盤算。晉獻公在荀息的進諫後，明白眼前小利可以犧牲，日後將獲取更大的利益，故納諫。

忠言逆耳的虞君

一國之中，國君是否賢德固然關乎國家能否大治，但國君身邊有否賢臣，更是重中之重。荀息的計謀能否成功，除了虞君以外，還有一人不可忽視，那便是虞國賢臣宮之奇。晉獻公早知宮之奇的重要性，因此在荀息提出向虞國借道攻虢的計劃時，便已經詢問如何解決賢德的宮之奇：

> 公曰：「宮之奇存焉。」
> 對曰：「宮之奇之為人也，懦而不能強諫。且少長於君，君暱之。雖諫，將不聽。」（《左傳・僖公二年》）

晉獻公問荀息，計謀如何得行，宮之奇還在虞公身旁。原來，荀息早已謀算在內，指出宮之奇的為人，懦弱而不能堅決進諫，而且從小就和虞公一起在宮裏長大，虞君對他親昵，雖然進諫，虞公卻不會聽從。荀息的判斷十分正確，在宮之奇進諫後，「弗聽，許晉使。宮之奇以其族行。」（《左傳・僖公五年》）虞公不聽宮之奇的進言，答應了晉國使者請道的要求，宮之奇深知虞與虢的關係，晉國必定會在滅虢以後一併滅虞，遂與族

人離開虞國。

　　向別人建言，即使自己一片赤誠丹心，但採納的主導權乃在對方。善言能採，固然是好事；但忠言逆耳，如在多次嘗試後仍無果效，徒勞而無功，那就不必勉強，離開可也，棄之可也。歷史告訴我們，反覆向昏庸之主建言，不但毫無用處，更有招致殺身之禍的可能。宮之奇離虞是無奈的抉擇，也是合適的抉擇。

唇亡齒寒

　　虞、虢皆是小國，但團結就是力量，忘記了唇齒相依的關係，災禍必由此而生。宮之奇向虞公進諫，「虢，虞之表也；虢亡，虞必從之。晉不可啟，寇不可翫。一之謂甚，其可再乎！諺所謂『輔車相依，唇亡齒寒』者，其虞、虢之謂也。」虢是虞的外圍，虢國滅亡，虞國定必隨之而亡。不能讓晉國開展其野心，引進外國軍隊不是兒戲的事情。從前，晉軍已經試過借道虞國以伐虢，一次足矣，難道還要來第二次嗎？俗語有云，車的板和車子互相依存，嘴唇缺了，牙齒便受冷寒，虞、虢二國正是如此的關係。清人蔣銘《古文彙鈔》眉批云：「開口便已破的，深識安危之機。」可惜虞公並沒有相信宮之奇的說話，仍供晉國借道伐虢。最後，晉軍在回程時候一併將虞國消滅，應驗了宮之奇的預言。

　　環環相扣，牽一髮而動全身，世事多有如此情況。很多事情，我們都不應該只看表面，而是要了解背後千絲萬縷的關

係，三思而後行。不要只貪圖表面利益，造成更大的損失。在
很多機構裏工作，有時候會受到某位賞識你的上司提拔，但如
果這個上司有一天離職了，新的上司未必認清你的優點，結果
你也不受重用，這便是唇亡齒寒了。如果不想唇亡齒寒，我們
便應該及早提升自己的能力，使「齒」可以突破「唇」的庇蔭，
獨當一面。

1.4

齊桓公、欒書的從善如流

　　善意的建言，表達正確的意見，如在上位者能夠欣然接受，我們便稱之為從善如流。這裏牽涉兩個部分，一是建言、表達意見的人所說的有理可信；二是接受意見者能夠虛懷納諫。一切都是雙向的，在《左傳》裏，我們看到春秋五霸之首的齊桓公，以及晉國的大夫欒書，都是從善如流的人。

齊桓公聆聽賢德之臣

　　春秋時代有五位霸主，五人屬誰雖有爭議，但齊桓公俱在其中，可說是各人公認的霸主。春秋五霸之名，首見於《左傳・成公二年》：「四王之王也，樹德而濟同欲焉，五伯之霸也，勤而撫之，以役王命。」晉人杜預注：「夏伯昆吾，商伯大彭、豕韋，周伯齊桓、晉文。」這裏的五霸是昆吾、大彭、豕韋、齊桓公、晉文公。齊桓公能為霸主，自有其過人之處，其中一項是能夠重用身邊的人材。讓我們來看看叔向的說法：

> 齊桓，衛姬之子也，有寵於僖。有鮑叔牙、賓須無、隰朋以為輔佐，有莒、衛以為外主，有國、高以為內主。從善如流，下善齊肅，不藏賄，不從欲，施

舍不倦，求善不厭，是以有國，不亦宜乎？（《左傳·
昭公十三年》）

此乃韓宣子和叔向的討論。叔向指出，齊桓公能夠成為春秋時
代的霸主，在於他身邊有一群出謀獻策且又各具才華的人材。
鮑叔牙、賓須無、隰朋等是賢德之臣，莒國、衛國的國君是桓
公之舅父，國懿仲、高傒為齊國的上卿，凡此種種，皆使桓公
多有輔佐，成就霸主事業。

縱觀古今中外，在上位者的賢德與否，看看他有否重用
人材便可知一二；另一方面，平庸之君，在他身邊的肯定都是
庸庸碌碌的臣子。要知道，那些啼笑皆非，甚或欲哭無淚的弊
政，斷不可能只因統治者一人而完成；無能的統治者，身邊必
然是一堆平庸低能的官員。

接納善言而不戰的欒書

春秋時代，戰爭從不間斷，有時候放棄兵戎相見反而是更
好的選擇。據《左傳·成公六年》所載，楚伐鄭，而晉因與鄭
訂有盟約，當派兵赴鄭支援，更因而借機攻伐鄰近的蔡國。楚
軍知悉晉欲伐蔡後，即欲發兵救蔡。欒書乃當時晉軍主帥，面
對楚軍，晉將趙同、趙括主張正面迎戰，無所畏縮。在欒書即
將答應之時，知莊子、范文子、韓獻子三人同向欒書進諫，以
為不可：

吾來救鄭，楚師去我，吾遂至於此，是遷戮也。

戮而不已，又怒楚師，戰必不克。雖克，不令。成師
以出，而敗楚之二縣，何榮之有焉？若不能敗，為辱
已甚，不如還也。

三人勸說欒書，指出晉軍原意乃是救鄭，楚軍離開了，而晉軍
就要伐蔡，此是將殺戮轉移到別國身上。殺戮而不停止，又激
怒楚軍，戰爭一定不能得勝。即使獲勝，也不是好事。整頓軍
隊出國，而只是打敗楚國兩個縣的軍隊，根本毫不光榮。如果
戰敗，更會受到莫大的恥辱，不如撤兵為上。欒書聽了三人建
言，覺得很有道理，因此決定撤軍。馮李驊、陸大瀠《左繡》
云：「他處必分作三樣說話，此特三人同辭，如此伏筆，無聲
色臭味可尋也。」他認為知莊子、范文子、韓獻子三人同時進
諫，欒書用之，乃是重視下屬的共同意見。在《左傳・成公八
年》之文，便引用君子所言稱讚欒書，以他能從善如流：

君子曰：「從善如流，宜哉！《詩》曰：『愷悌君
子，遐不作人？』求善也夫！作人，斯有功績矣。」

君子指出聽從好的、正確的意見，是最適當的行為。《左傳》援
引《詩・大雅・旱麓》，認為恭敬隨和的君子，為何不起用人
材？說的就是要求取善人。起用人材，便會有功績。

　　人是群居動物，集體智慧必然勝於單打獨鬥。多聽別人
的善言，必大有得益；剛愎自用，不納他人進言，必致敗亡。
承接上文，統治者如不虛懷納諫，不接受友善建言，反而自以
為是，甚至如商末紂王的「知足以距諫」、「以為皆出己之下」

（《史記・殷本紀》），拒絕臣下的勸諫，認為所有人都不如自己。如此的政治領袖，放眼古今中外，失敗可期。

從善如流的「善」

齊桓公與欒書，一為諸侯，一為大夫，身份地位大有不同，但在歷史上的他們都是成功人士。圍繞在諸侯與大夫身邊的人很多，所作建言更是多不勝數，如何判斷甚麼是善言，甚麼是流言，顯得非常重要。

齊桓公成為春秋五霸之首，但他最後的下場卻教人慘不忍睹。齊桓公晚年，賢臣管仲、隰朋相繼逝世，在管仲死前，桓公嘗問管仲何人可以重用。當時，管仲直言易牙、開方、豎刁三人不可重用；結果，「管仲死，而桓公不用管仲言，卒近用三子，三子專權。」（《史記・齊太公世家》）另一方面，桓公又沒有及早訂立繼嗣，致使桓公死後，五公子各率黨羽爭位。《史記》載云：「桓公病，五公子各樹黨爭立。及桓公卒，遂相攻，以故宮中空，莫敢棺。桓公尸在牀上六十七日，尸蟲出于戶。」桓公死後，五公子只為爭位，齊國一片混亂，無人收屍，桓公屍體在床上放了六十七天，屍蟲都從屍體上爬了出來。《晉書・李密傳》裏便給了齊桓公一段非常恰當的評價：「齊桓得管仲而霸，用豎刁而蟲流。」在重用管仲的時候，齊桓公可以稱霸諸侯；但當重用宦官豎刁，齊桓公便落得死後無人收屍的下場。從以上所論，齊桓公的成與敗完全是建基在身邊出現的是好人抑或是壞人。

　　我們要學會判斷別人的意見，意見有善有惡，要做到惡言不聞於耳，十分困難。甚麼是有建設性的進言，哪些只是在搬弄是非？前者要虛心接受，後者當棄如敝屣。「從善如流」四字，特別重要的是「善」字。在上位者，無論是公司的老闆，還是政壇領袖，皆當有判斷是非對錯的能力。臣民可以七嘴八舌，意見紛陳，只要在上位者能夠審時度勢，選擇合適的建言加以信奉與執行，做起事來才能夠事半功倍。

有備無患的魏絳

人與人的相交相知，未必是一見如故，日久才能得見人心。君臣關係亦相同，君臣相知，君主要廣開言路，臣子要盡心進諫，時間久了，彼此才能深入了解，晉悼公和魏絳的相交便有着這樣的歷程。

容人之量不可無

春秋時代的諸侯為了要彰顯實力，經常舉行盟會，大會各方諸侯，從而展示自己的地位。晉悼公在他登位後的第三年（前 570）便舉行了一次盟會。魏絳是晉國的司馬，執掌軍法。晉悼公的弟弟揚干擾亂了軍隊的行列，魏絳便將那位為揚干駕車的車伕殺掉。晉悼公知悉後，非常生氣，認為在會盟的情況下居然發生了如此受辱的事，必除魏絳而後快。魏絳準備自殺，並請僕人上書晉悼公，內容如下：

> 日君之使，使臣斯司馬。臣聞師眾以順為武，軍事有死無犯為敬。君合諸侯，臣敢不敬？君師不武，執事不敬，罪莫大焉。臣懼其死，以及揚干，無所逃罪，不能致訓，至於用鉞。臣之罪重，敢有不從，以怒君心？請歸死於司寇。（《左傳・襄公三年》）

魏絳指出，悼公讓自己擔任司馬之職，在軍隊裏服從軍紀稱為「武」，做事寧死也不觸犯軍紀稱為「敬」。在君王會合諸侯之時，司馬便當執行軍紀。軍隊不武，管事者不敬，乃是莫大罪過。魏絳說自己畏懼觸犯死罪，故連累揚干，罪不可免。事前未能夠先教導全軍，以至動用了斧鉞，罪過甚重。最後，魏絳請求死在司寇那裏。

晉悼公為人深明事理，在位十四年，聯宋納吳，八年之中，九合諸侯，將晉國霸業推至巔峰。讀畢魏絳的上書後，晉悼公立刻醒覺自己的過錯，於是趕緊向魏絳認錯，說自己愛弟心切，但魏絳殺了揚干的車伕，確是按軍法從事；而自己的過失在於沒有事先教導弟弟，讓他觸犯了軍紀。因此，晉悼公認為魏絳能夠用刑罰管治百姓，從盟會回國後，便在太廟設宴招待魏絳，委派他為新軍副帥。

晉悼公貴為晉國諸侯，不單沒有以他絕對權威否定魏絳的決定，在得到魏絳的解說後，更委以重任。晉悼公的容人之量，使自己能得魏絳之力，成就晉國霸業。在上位者能夠給予下屬解釋的機會，下屬才可據理力陳，說出合情合理的話，不單可以化解危機，更使自己在仕途上再進一步。

魏絳和戎

中原民族與北方外族，在歷史的長河裏一直有着一幕幕的複雜關係。因見與外族和洽相處之利而主張議和的魏絳，獨具慧眼，有着他人所無的大局觀。

當時，戎狄欲跟晉國議和，而晉悼公本不願為之，認為戎人貪婪無厭，不如擊之為佳。但魏絳認為各方諸侯俱在觀察晉國，如果晉國攻伐戎狄，別國便將不作親近，然後背叛；結果是征服了戎狄，卻失去了中原諸國。因此，魏絳認為當跟戎狄議和，並有五大利益：

> 戎狄荐居，貴貨易土，土可賈焉，一也。邊鄙不聳，民狎其野，穡人成功，二也。戎狄事晉，四鄰振動，諸侯威懷，三也。以德綏戎，師徒不動，甲兵不頓，四也。鑒于后羿，而用德度，遠至邇安，五也。（《左傳·襄公四年》）

議和有五大好處，一是戎狄逐水草而居，重財貨而輕土地，其土地可以收買。二是邊境不再警懼，百姓可安心耕作，農田管理者得以完成任務。三是戎狄事奉晉國，四方鄰國因而震動，諸侯乃因晉國的威嚴而懾服。四是以德行安撫戎人，不用勞師動眾，免用干戈。五是以后羿的教訓為鑑，而利用道德法度，使遠國前來而鄰國安心。魏絳所言合情合理，頭頭是道，晉悼公聽後十分高興，便派遣了魏絳跟戎狄議和。

力排眾議，目光遠大，並不容易。常人每多只見眼前利益，目光短淺，如要深謀遠慮，在別人眼中便是不合群。要知道，所謂「卓識」，就是與眾不同，特立獨行；人云亦云者，便不具備卓識了！魏絳能夠提出和戎的五大好處，而晉悼公又能欣然接納。君臣相和，誠為美談！

歸功於在上位者

功高蓋主，因而不得善終的臣子，滿載史冊。作為下屬，應當要多加了解上級，在揣摩上意之餘，即使事有成功，也不要獨佔功勞，更要歸功於上級，不使自己立於危牆之下。

在和戎事件以後，晉國的霸主地位愈益鞏固。鄭國為了表示對晉國順服，贈給晉悼公樂師、車輛、盔甲、武器、樂器、女樂十六人等，晉悼公打算將樂器和樂隊的一半賜予魏絳，說道：

> 子教寡人和諸戎狄以正諸華。八年之中，九合諸侯。如樂之和，無所不諧。請與子樂之。（《左傳・襄公十一年》）

晉悼公認為魏絳教導自己跟戎狄議和以整頓中原諸國，八年間九次會合諸侯，猶如音樂和諧而無不協調，因此請魏絳和自己一起享用樂器與樂隊。魏絳起初並不接受，說一切皆是君王的威靈所致，次之則說全屬各大夫的辛勞，自己的貢獻有限。在安樂之餘，魏絳立刻想到了「居安思危」四字，指出想到了就有防備，有了防備就不會發生禍患。有備無患，就是做事的時候要有長遠計劃，不要臨時拉夫，也不要只有三分鐘熱度。能夠在各方面作好準備，事情到來便不會有不必要的憂慮。

晉悼公的賞賜，代表的是賞罰分明，論功行賞。雖然魏絳再三推讓，但是如果有首功的沒有得到賞賜，晉悼公便難以服眾。賞賜乃是國家的典章，不可輕易廢除。最後，魏絳還是接

受了晉悼公的賞賜，合乎禮制地使自己始有金石的音樂。晉悼公早年的不殺之恩，使我們能夠認識有遠見而賢德的魏絳。日人奧田元繼《春秋左氏傳評林》眉批引張鹵云：「悼公以樂賜魏絳，而魏絳固辭，辭之而復固與之，其於賞功與居功之道皆得之矣，君臣之賢可想哉！」論功行賞的晉悼公，與不敢居功自傲的魏絳，君臣相知，成就了晉國的霸業；在一個團隊裏，成員如果能夠相互了解，互補不足，看到對方的優點，成功便指日可待。

第二章

《莊子》

南華真經注疏卷第一

莊子內篇逍遙遊第一

郭象 注 夫小大雖殊而放於自得之場則物任其性事稱其能各當其分逍遙一也豈容勝負於其間哉

唐西華法師成玄英 疏

北冥有魚其名爲鯤鯤之大不知其幾千里也〔疏〕冥猶海也取其溟漠無涯故謂之溟溟海無風而洪波百丈巨海之內有此大魚欲明物性自然故標爲章首玄中記云東方有大魚焉行者一日過魚頭七日過魚尾東方朔十洲記云溟海無風而洪波

天八十三

疏一

莊子，名周。唐代陸德明《經典釋文·敍錄》謂「太史公云字子休」，但今所見司馬遷《史記》並無此文。戰國時代宋國蒙人。莊萬壽《莊子學述》推斷：「莊子生卒較可信之年代，自魏惠王元年至襄王九年，即公元前 370 年至前 310 年，凡六十年。」[2]他是著名思想家、哲學家，其學術主張對老子有所繼承與發展，後世並稱為「老莊」，乃道家學派的代表性人物。及至唐代，尊崇道家，唐玄宗於天寶元年（742）詔封莊子為南華真人。

莊子曾任漆園吏，此外並無擔任其他官職。據《莊子·秋水》載，楚威王嘗派人邀請莊子任楚國宰相，但莊子寧願「游戲污瀆之中自快，無為有國者所羈」（《史記·老子韓非列傳》），在小水溝裏身心愉快地遊戲，也不願為國君所束縛，拒絕了楚王的請求。莊子為人澹薄名利，深居簡出，追求精神上的無待而逍遙。我們所知道的莊子生平事蹟並不多，主要參見《史記·老子韓非列傳》。

內篇、外篇、雜篇

莊子的著述，流傳至今者，乃《莊子》一書。《史記·老子韓非列傳》謂莊子「著書十餘萬言，大抵率寓言也」。今本《莊子》三十三篇，七萬多字，似乎已與《史記》所記載有十多萬字有所不同。據《漢書·藝文志》載，《莊子》五十二篇，就篇數

2　莊萬壽：《莊子學述》（台北：花木蘭文化出版社，2010 年），頁 12。

而言較諸今本為多。三十三篇之中，內篇七篇，外篇十五篇，雜篇十一篇。

內篇七篇是莊子學術思想的核心，乃由晉人郭象所定，一般認為由莊周自著。七篇的篇題是〈逍遙遊〉、〈齊物論〉、〈養生主〉、〈人間世〉、〈德充符〉、〈大宗師〉、〈應帝王〉，其中「無待而逍遙」便是〈逍遙遊〉的中心思想。值得注意的是，司馬遷《史記·老子韓非列傳》嘗言莊子「其學無所不闚，然其要本歸於老子之言。故其著書十餘萬言，大抵率寓言也。作〈漁父〉、〈盜跖〉、〈胠篋〉，以詆訿孔子之徒，以明老子之術」，其中只舉了三篇《莊子》篇章之名，皆不屬內篇，當中前二者在雜篇，後者在外篇。然而，學界認為全書以內篇最能反映莊周思想，未必如同司馬遷所想，也可視之為不同時代學者對《莊子》關注點的歧異。

寓言十九

《莊子》裏載有許多寓言故事。所謂「寓言」，是作者利用故事的形式，寄寓託意，說明某個事理或哲理。因此，故事只是軀殼，寓意才是寓言故事的精髓。莊子自言「以卮言為曼衍，以重言為真，以寓言為廣」（〈天下〉），說理時以支離荒唐的話來衍盡事理，用重複前人的話來證成事理，用別有寄託的話來推廣事理。又，莊子自謂書中「寓言十九，藉外論之」（〈寓言〉），別有寄託的話佔了全書的十分之九，假借別的事物來談論需要說明的事物。今其書所載約有近二百則寓言故

事。由於數量龐大的寓言故事，使說理更為具體，才使原本較為抽象的莊子學說易於為人所明白。

例言之，《莊子‧天運》記載了東施效顰的寓言故事。西施是春秋時之美女，其人本為浣紗女，適逢越王句踐為吳王夫差所敗，乃令范蠡向吳王獻上西施，使他迷惑忘政。西施有心痛的毛病，每次心痛時，總是輕輕地按住胸口，微微地皺着眉頭。醜女（東施）看見後，以為動作優美，於是也學習西施捧心皺眉，自以為美。同里的人見之，不是緊閉門戶而不出門，便是帶着妻兒躲開。東施只知道捧心皺眉很美，卻不知道美的原因。這個寓言故事寄託了如果胡亂地模仿他人，只會得到適得其反的結果。

汪洋恣肆，詭奇怪異

滿載寓言故事，形成了《莊子》全書汪洋恣肆、詭奇怪異的風格。要說明這種風格，最佳的例子莫過於在〈逍遙遊〉裏的鯤鵬想像。

「北冥有魚，其名為鯤。鯤之大，不知其幾千里也。化而為鳥，其名為鵬。鵬之背，不知其幾千里也；怒而飛，其翼若垂天之雲。」「鵬之徙於南冥也，水擊三千里，摶扶搖而上者九萬里，去以六月息者也。」「天之蒼蒼，其正色邪？其遠而無所至極邪？其視下也，亦若是則已矣。」

北極有一條大魚，其名字為「鯤」。此鯤魚十分巨大，不知道
有幾千里長。當化成為鳥時，其名字為「鵬」。鵬的背，也不
知道有幾千里長；奮力而飛，其翅膀就像天邊的雲。鵬鳥遷
徙往南極時，會從海面擊起三千里的水花，捲起九萬里高的暴
風，這一去就得經歷六個月的時間才得到休息。天色蒼茫，並
非天的本色。天的高遠看似沒有極盡，大鵬往下看時，大概也
是如此的感覺。莊子在這裏有着非常豐富的想像力，天馬行
空，卻又旨在說理。幾千里長的魚，展翅而成幾千里長的鵬，
皆非人世間的事物，莊子引領我們走進無限的想像空間。至於
海面、天空，大鵬拍翼濺起了三千里的浪花，翱翔之時高度達
至九萬里。利用數字營造了的誇張鋪陳，顛覆了我們對人世間
的認識。這段文字的敍事視角也是不斷轉換，時而在地，有時
在天，大地之大，原來到了天空俯瞰，也只不過一片蒼茫，天
看地，地觀天，一切事物都沒有甚麼差別。

　　以下我們選取了五個《莊子》裏的寓言故事，看看故事裏
所寄託的深意怎樣啟迪人生智慧。

延伸閱讀

1. 陳鼓應《莊子淺說》
2. 陳鼓應《莊子今註今譯》
3. 郭慶藩《莊子集釋》
4. 錢穆《莊子纂箋》
5. 崔大華《莊學研究》

2.1
不願越俎代庖的許由

人類較諸其他動物而言,更具模仿的能力。面對不認識的事情,我們可以勤加學習,逐漸掌握某事所需的技術和技巧。但有時候,術有專攻,由專業人士負責,其他人便不應該事事干預,而應該讓別人發揮所長。《莊子・逍遙遊》裏記載許由不願意越俎代庖,便是這樣的故事。

找尋有能力的人

古代有所謂禪讓的美談,當時的天下共主,並不將共主之位傳給自己的兒子,而是找尋賢德的人,授之以政,有能者居之。堯傳舜,舜傳禹,皆其例。禪讓是美談,讓人津津樂道,這件事之所以為美談,乃因真偽難以考證。

成功的例子是堯舜禪讓,失敗的禪讓例子卻載在史冊之中。戰國時代,燕王噲因聽信大臣所言,將諸侯之位禪讓予宰相子之,以他為賢德之人。結果,此舉引致燕國原有貴族不滿,跟着燕國大亂,齊國入侵。漢代,漢哀帝寵愛美男董賢,幾乎希望將國家拱手相讓。有一次,漢哀帝喝了酒,帶點醉意,笑着的看看董賢:「吾欲法堯禪舜,何如?」堯舜禪讓,本為古代美談,君主能有訪尋賢者居之的胸襟,本應感到安慰。

但董賢只是哀帝男寵，才能不詳，而且「進不繇道，位過其任」，所在的官位已遠超其能力。旁邊的王閎聽到哀帝的想法後，立刻指出漢室天下非為哀帝所有，乃是高祖劉邦的，而哀帝作為劉氏繼嗣，理當承傳宗廟，至於子孫而無窮。王閎的答案，哀帝聽了並不高興，以後在宴會時再不請王閎侍奉，但禪讓最終也沒有出現。

要在適當的工作崗位尋找合適的人選並不容易，成功的機構與企業，必然是其中的表表者。不少家族企業都會面對繼任人的問題，究竟是選賢與能，還是傳給家族的第二代？為了企業的最大利益，當然是有能者居之，如何安排家族的第二代，永遠是家族企業的挑戰。

求名與求實

名與實的討論，在先秦哲學裏常有出現。堯打算將天下讓予許由，但許由不接受，認為當時天下已經安定，如果自己還來代替帝堯，難道是為了追求成名嗎？在名與實之中，名是實的賓位，難道自己是在追求賓位嗎？在這段對話裏，可見實是主，名是賓。許由不欲追求居於賓位的東西。

求名與求實，看起來當然是求實最為重要。事實上，當實不可求之時，求名有時候也是在無計可施下的唯一選擇。拜訪企業集團，每次都會收到不少名片，發現了許多的經理，琳琅滿目，目不暇給。至於實際的工作範圍，卻是無從知曉，教人一頭霧水。打工上班，求實所反映的當然是薪金俸祿；求名可

能在於工作崗位名稱的提升。不少公司如果在薪金上滿足不了員工，便只能在職稱上大動手腳，略慰心靈上的訴求。

名實相副，乃人之所願，如果看到了一大堆古怪職銜，也不要感到奇怪。曾經有美國的薪酬諮詢公司研究報告指出，有8%的公司表示，他們不會使用頭銜來確定員工的職責。依此而論，循名責實或許愈來愈難從職稱與職責裏分辨出來。

大家相信也會聽說過代理職務的情況。例如孔子曾經「由大司寇攝相事」，意即以大司寇的身份行代理宰相之職。代理職務便是名實不副，但這也是可以把握機會的瞬間。如果能夠將代理職務做好，上司在考慮正職人選的時候，便會將過去的表現也納入其中。顯而易見，可以將代理職務處理得井然有序的人，便是這個崗位的最佳實任人選。因此，在求實的過程中，名份也大有隨之而至的可能。

越俎代庖

俎是古代祭祀時用來盛裝祭品的禮器，庖是廚房，也指廚師。越俎代庖指掌管祭祀的人放下祭器而來代替廚師下廚。後用以比喻踰越自己的職分而代人做事。

許由不欲代堯治國，說：「歸休乎君！予無所用天下為。庖人雖不治庖，尸祝不越樽俎而代之矣。」許由請帝堯回去，一般人可能會因為得到天下管治而感到高興，但許由自感天下對自己沒有甚麼用處，即使廚師不去做飯菜，掌管祭典的人也不會越權代替廚師來做飯菜。

　　不是自己的專業範疇，最好少發議論，而由相關範疇的專家給予意見。看起來平常的事，原來操作起來甚為困難。舉例而言，政治上、社會裏發生了一些事情後，傳媒經常會訪問演員以諮詢他們的看法。要知道，演員的專業是表演藝術，他們有關政治事件、社會問題的看法，毫無代表意義，卻因為在媒體裏看的人很多，便成為了具代表性的意見，這便是典型的越俎代庖。越俎代庖出於《莊子》，卻和儒家典籍「不在其位，不謀其政」的見解相吻合。

　　在資訊極其發達的今天，要當起專家的難度也大大降低。在網絡上隨便找些資料來看，認真的就會多看幾個，然後遇上甚麼事情便皆可以講得頭頭是道。人人成為專家，本來也不是甚麼壞事，只是當社會需要專家意見以一錘定音的時候，七嘴八舌的偽裝專家便會高奏專業已死的哀歌，群龍無首，亂作一團，越俎代庖，可不哀哉？

　　許由是傳說中的人物，帝堯亦然。堯的天下最後沒有禪讓給許由，而是傳位給舜。舜通過了堯的種種考驗，歷經二十年之久，堯甚至讓自己的兩個女兒（娥皇、女英）也嫁給了舜，在各方面均作仔細評估以後，才將天下交給舜。許由呢？不接受堯之禪讓，隱居避世，成為了隱士的始祖。唐代成玄英說：「四海之尊，於我無用，九五之貴，予何用為！」面對不適合自己的崗位，如何自處，是留是去，人生實在充滿考驗！

2.2

望洋興嘆的河伯

人生路上總有值得奮發的目標，使我們向前邁進。有人會走在康莊大道，有人會在蜿蜒的小路上曲折而行，但平坦的路上偶然會有暗湧，迂迴之路最後也會到達終點。難關是用來跨越的，暢通無阻的只屬少數。一路上的昂首闊步，碰上險阻，出現了「此路不通」的字眼，便當停下來重新思考，另闢蹊徑，改變方向，尋找遠處的一點曙光。

河伯的沾沾自喜

《莊子·秋水》記載了河伯的一個故事。洪水隨着秋天的來臨而漲起來了，千江百水進入了黃河，水流巨大，在兩岸的水邊、洲島之間，已不能辨別牛馬。看到如斯情況，黃河的河神（文中稱為河伯）感到十分欣喜，以為天下美景已經全數集中在自己這裏了。

在人生路上，一邊走着，一邊欣賞着沿路的風光，遇上波瀾壯闊之時，便會以為已是旅途上的高峰。然而，每個人的認知畢竟有限，我們也不可能做到全能全知，雖然並不知道，但新的挑戰肯定在等待着我們。河伯沾沾自喜，乃因眼裏只看到黃河的盛大壯闊。

　　唐代詩人王之渙〈登鸛雀樓〉有「白日依山盡，黃河入海流」二句，黃河下游的河道雖然代有變更，但其入海之處終究仍在山東渤海。渤海是海灣，較諸黃河而言，海與河已是天壤之別。起初，河伯「以天下之美為盡在己」，這是在沒有比較之下得出的結論。人在旅途上，丘陵大山總會接踵而來。邊走邊看，人生旅途風光不斷。

井底之蛙的懺悔

　　河伯以為自己盡有「天下之美」，可是在順流而東至於黃河入海之處，赫然發現渤海的寬大是「東面而視，不見水端」。河伯望向東面，根本看不到渤海的邊緣。黃河是中國第二大河流，河伯作為黃河之神，在秋天之時得見「秋水時至，百川灌河」，本已認定自己強大無比，後見一望無際的渤海，頓時明白了自己的渺小。陳鼓應《莊子今註今譯》說：「河伯的自以為多，和海若的未嘗自多，恰成一鮮明的對比。」如此比對，正是一山還有一山高！

　　河伯望洋興嘆，承認了自己只是井底之蛙。如此懺悔，能夠宣之於口並不簡單。遇上自愧不如的事情，很多人為了維護面子，不願意承認自己的不足，堅持在錯誤的路上枉走。承認錯誤，才有查找不足的可能，並從中改善，重新出發。

　　就好像中小學生在校內運動會遍取獎牌，屢次奪得陸運會與水運會的全場總冠軍，就以為自己已經是該等項目的傑出運動員。可是，一校之內競爭畢竟有限，到了參加學界比賽的時

候，才發現周遭的運動員每個都是高手。同樣的情況，地區冠
軍到了國際比賽的賽場，才發現過去的優異成績都變得不值一
提。《莊子》裏的河伯只能望洋興嘆，運動員則應當貫徹奧林匹
克「更快、更高、更強」的精神，奮起練習，屢創佳績。

了解自己的不足

　　望洋興嘆的河伯，看到了不見邊際的海神，立刻承認自己
的不足，更直指自己將「長見笑於大方之家」，永遠地被懂得大
道的人所譏笑了。有所不足並非不可原諒的事，孔子說「過則
勿憚改」，做錯了不要害怕要改正；《禮記・學記》說「學然後
知不足」，透過學習，我們會發現自己有着許多的未知。河伯
起初以為自己比起誰都厲害，所謂「以為莫己若」，但當得見海
神後便改變了自己的態度。

　　勇敢面對自身的不足，明白個人的囿限，乃是成長的開
始。如果我們一直信心滿滿，以為一切皆在自己掌控之下，別
人皆不如自己，如此人生態度並不可取。我們理應多跟自己溝
通，做到自我察覺，從而深入了解自己究竟是一個怎樣的人。

　　清代有一位著名的藏書家鮑廷博（1729-1814），其書齋
名為「知不足齋」。鮑氏為人博文強記，過目不忘，只要一看
典籍，便能認清某卷某頁某字之訛。乾隆年間，編撰《四庫
全書》，此前先訪尋天下遺書，鮑廷博進獻家中所藏典籍626
種，乾隆皇帝賞賜《古今圖書集成》等書以作嘉獎。因他雅好
舊典，故取《禮記・學記》「學然後知不足」之義名其書室。鮑

廷博嘗據所藏善本刊刻《知不足齋叢書》，並親自校讎。學習以後，更為明白自己的不足，因而倍加努力，奮力前進。鮑廷博便是用這個意思為書齋命名。

海神也不會是贏家

河伯是井底之蛙，在海神面前尤其渺小，但海神便是贏家嗎？看來並不是。天外有天，人外有人。《莊子・秋水》的河伯故事，發展下去，河伯看見海神，便知不足；渤海之神，如見黃海之神，便又給比下去了。黃海之神，看見了東海之神，又當如何自處呢？

有時候，無窮無盡的比較會使人精疲力竭，例如同學間比拼成績、同事間比拼業績皆如是。但不加比較，我們便會耽於逸樂，難有進步。比較會帶來壓力，壓力可以演化為動力。試想想，如果每個人都易於滿足，集體躺平，如此的社會即使仍有進步，其幅度必然極度緩慢。反之，因比較產生壓力帶來了進步，過程雖然艱苦，但也就是人類社會發展的原動力。

例言之，通貨膨脹，致使百物騰貴，除了商家以外，似乎誰人都不願見。有些地方，我們時常去旅行，當地物價二十年來幾乎原地不動，且得「價廉物美」的美譽。其實，如此評價完全是「將快樂建築在別人痛苦之上」。經濟蓬勃發展，社會繁榮，生活指數自必上升，這完全是供求規律下的自然結果。百業蕭條，經濟一潭死水，了無生氣，物價才會絲毫不動。慢活自然有其吸引人之處，但背後因果，嚮往者自當深思。

壽陵少年的邯鄲學步

人與人的相互影響十分多，我們常常說，大人要給小孩子樹立榜樣；在社會上，人們特別喜歡某些人的言行，會以他們為楷模。看着身邊的榜樣、楷模，很多人會忘我地加以模仿。可是，如果過度投入模仿別人，慢慢便會失去了自我，像《莊子·秋水》裏壽陵少年邯鄲學步的故事，便是如此。

魏牟對公孫龍的勸告

春秋戰國時代，諸子爭鳴，人才輩出。諸子之間關係複雜，每人的主張同中有異，異中有同，互相吸收，兼容並蓄，而各有中心。公孫龍是戰國時期的趙國人，特別喜歡詭辯，經常爭論一般與個別之間的關係，其中最著名的論點莫過於「白馬非馬」和「離堅白」。魏牟同樣是戰國時人，乃魏國公子，又稱魏公子牟或公子牟。《荀子·非十二子》將十二位思想家分為六派，其中魏牟與它囂同一派，荀子對他們的評價是「縱情性，安恣睢，禽獸行，不足合文通治，然而其持之有故，其言之成理，足以欺惑愚眾」，其人縱情任性，習慣於恣肆放蕩，行為像禽獸一樣，不合禮義、不與正確的政治原則相通；然而立論有根據，解說論點頗有條理，足以欺騙蒙蔽愚昧的民眾。

　　《莊子‧秋水》記載了公孫龍與魏牟的一段對話。公孫龍認為自己通達事理，能夠「窮眾口之辯」。但當他聽到莊子的言論時，卻無法理解，於是便向魏牟請教，是否自己「知之弗若」，所以不能明白。魏牟認為公孫龍如同井底之蛙，見識淺窄，故不能明白莊子所言。魏牟說公孫龍只能學得皮毛，勸籲公孫龍不必再試圖理解，以免學不到莊子學問的同時，更喪失了自己原有所知。魏牟舉例，說燕國壽陵的一位年輕人，因羨慕趙國邯鄲人走路的步姿，故往學習焉。結果，邯鄲人走路的姿態沒有學成，就連自己原來的步法都忘記了，最後只能爬着回去。成玄英指出壽陵少年「既乖本性，未得趙國之能；捨己效人，更失壽陵之故」，未得別人美麗之姿，反而忘卻根本，一事無成。

不自量力的邯鄲學步

　　公孫龍希望學習莊子的思想，壽陵少年希望學習邯鄲人的步姿，兩者立意本善，皆欲透過學習以改善自身的不足。此等行為的本質都是值得嘉許的。

　　看見別人的好，我們便急起直追，努力學習，本是好事，但我們在行事前有沒有深思熟慮、審視自身的情況呢？舉例而言，如何建造一個強調環境保護的城市，乃是世界各大都會皆甚為關注的事情。其中，減少排放廢氣的交通工具在街道上行走，鼓勵使用零碳排放的單車，可使城市的空氣品質提升。於是，不少大城市便出現了共享單車，讓市民或遊客可以租用，

代步之餘，也可以為保護環境出一分力。

香港在 2017 年也引用了共享單車的概念，短短一年內營運的公司便多達七間，到了 2018 年全港有超過 2.6 萬部共享單車。但在幾年後的今天，多間共享單車公司先後退出了香港市場，原因是各式各樣的。市民租借後，隨意停泊，招致政府將單車充公，令共享單車公司損失慘重，這固然是主因。此外，香港完善的單車徑只集中在新界，人口密集的香港島和九龍並沒有完整的單車配套網絡。再者，馬路上極度繁忙的交通情況，也不容許單車與汽車爭路。

學習其他國家和地區的減排工作當然好，但香港自身的情況有否考慮清楚，乃是重中之重。然後，我們可以參考成功推行共享單車的城市，比較一下彼此的條件，才能制定情理兼備的交通減排策略。

我走我路

邯鄲學步，不但難以成功，更會迷失自我，沒有了個人的特色。壽陵少年原本還會走路，在邯鄲學步失敗後，只能爬着回來。

活出自我，乃人所共盼。能夠按照自己的意願，自由自在，無拘無束，活得精采，脫離取悅別人的人生，誠為美事。舉例而言，詩仙李白便是一個活出自我、活得精采的詩人。杜甫撰有〈飲中八仙歌〉，其中即有「李白斗酒詩百篇，長安市上酒家眠，天子呼來不上船，自稱臣是酒中仙」這四句。李白天

才橫溢，人所共知，「天子呼來不上船」的「船」字素有歧解，在此不贅。但李白畢竟是有着「安能摧眉折腰事權貴，使我不得開心顏」（〈夢遊天姥吟留別〉）的詩句，直言豈能卑躬屈膝以侍奉權貴，使自己不能有舒心暢意的笑顏！豪邁真我之情，躍然紙上！

不畏強權，我走我路，如此的古人寥寥可數，此因古代君主集權專制，勇敢無畏難能可貴。例如《左傳》裏所記載曹劌論戰的故事，其中曹劌為人智勇雙全，一方面了解民心向背是戰爭勝利的重要條件，另一方面勇敢地指出魯莊公施政的缺點，「小惠未徧，民弗從也」、「小信未孚，神弗福也」，小恩小惠並未能使百姓信服。最後，魯國所以能夠在長勺之戰取勝，有賴於曹劌鼓勵魯莊公親自出戰，而自己陪伴在側，其勇在在可見。同理，西方天文學家哥白尼（Nicolaus Copernicus）提出了太陽中心說，與當世意見相左，但卻毫不退縮，捍衛真理，功在後世。

當然，要做到我走我路，自身的真才實學乃是必要條件。如果只是不願聆聽別人意見，揚棄善言，那只能以失敗告終。在邯鄲學步的故事裏，壽陵少年原本能以正常的步伐走路，卻因感邯鄲人步姿美妙而前往學習，最後連原本的步履也不會走，變成匍匐而歸。自身的真才實學，學之已久，早已成為每個人的一套行事法則，能夠有求變之心，代表願意走出自己的舒適圈，本沒有不妥。原有的真才實學，學習時間經年，壽陵少年本來也能走路，卻因精益求精而導致悲慘的下場。或許，

我們在追求做得更好以前，應當三思而行，審視一下邯鄲步伐是否真的美好，是否真的適合自己，然後才昂首闊步，勇敢前進。

2.4

無用之用的山中之木

甚麼是有用？甚麼是無用？有用與無用不過是相對的觀念。對自己有用的東西，可能在別人眼裏毫無用處，反之亦然。或者，在這一刻認為甚有作用的人和事，到了某一天完全起不到作用。《莊子》裏多有「無用之用」的討論，其中看似無人取用的一棵古樹，反因無人取用而頤養天年，可見人應當適時放下執着。

不成材之木

《莊子·人間世》記載了這樣的故事：莊子跟弟子們來到山腳，看見一株大樹在溪水旁，枝繁葉茂。此樹粗百尺，高數千丈，高聳入雲；其樹冠寬如巨傘，能遮蔽十幾畝地。莊子問伐木者，謂此樹何以生長了幾千年而一直無人砍伐。伐木者指出，此樹乃不中用的木材，作船而沉於水，為棺材而腐爛，作器具則易於損毀，作門窗而脂液不乾，為柱子而受蟲蝕。不材之木，無所可用，才能如此長壽。莊子便跟弟子說，此樹因不材而得以長壽，正是無用之用，對人無為而於己有為。人只知道有用之用，而不明白無用之用。

在伐木者的心目中，大樹一文不值，原因在於大樹之木

用作船、棺材、器具、門窗、柱子，皆不合適，故能屹立千年而不倒。但在大樹的角度言之，因其木的不中用，反而成為了其長壽而無人砍伐的因由。伐木者眼中不成材的，正為大樹之材。成玄英說：「通體不材，可謂全生之大才；眾謂無用，乃是濟物之妙用；故能不夭斤斧而蔭庇千乘也矣。」別人眼中的無用之物，反使大樹可以不用捱斤斧之伐。可見從不同角度出發，詮釋全然不同。

成材與否，在每個人心目中都有不同的定義。例如有研究分析美國不同種族學生在標準化測試的表現，發現中國裔及韓裔學生普遍成績較佳的原因與教育期望有關。[3] 望子成龍，是不少中國父母對子女的期望，形成了不少父母都會有着對孩子成材的公式印象。例言之，必然要成為醫生、律師之類的專業人士，自己的孩子才算是成功。可是，所謂「天生我材必有用」，材與不材有着千千萬萬種可能性，不可能只以醫生和律師囿之。況且，孩子心目中的材，也與父母心目中的材截然不同。成材與否，斷非只論學術成績一途。當然，為人父母者，理應盡量提供機會，讓子女發揮己才；子女則應該相信每個人皆有待發揮自己的才能。材在不同人的心目中，各有不同的詮釋，如何能夠彼此接受，也是一門學問。

3　Hao, L., & Bonstead-Bruns, M. (1998). Parent-child differences in educational expectation and the academic achievement of immigrant and native students. Sociology of Education, 71, 175-198. Wang, Y., & Benner, A. D. (2013). Parent-child discrepancies in educational expectations: Differential effects of actual versus perceived discrepancies. Child Development, Oct 3. doi: 10.1111/cdev.12171

無用之用，方為大用

看見「有用」與「無用」兩個詞語，我們很容易聯想到甚麼東西是有用的，甚麼東西是無用的，這當然並不正確。這裏的關鍵並非「有」與「無」，而是「用」字。大樹因其木材之不中用，對於伐木者而言是無用，但對於大樹本身則是有用矣。

後世學者將《莊子》歸入道家，很多時候都會透出遁世消極的氛圍。但是，「無用之用」所重在於觀點與角度的問題，對於大樹來說，別人眼裏的無用反而可以讓它頤養天年，[4] 如果生存是最大的用處，那麼這個「用」才是最大最重要的。今天，我們會面對許多資源運用、資源回收循環再用的情況，這又是「用」的另一種詮釋。台灣學者葉海煙教授說：

> 莊子通過「無用之用」，打開吾人的視野與心胸，讓這天地的自然寶藏成為「取之無禁，用之不竭」的生命資源，如此美好而豐盈的生命願景，其是否能夠實現，全在於吾心之意向性是否能夠真正轉化，真正淨化，而此一深心盼望是否能夠徹底實現，則全繫於吾人是否能夠發現人與天地之間如何可以獲致「相安

4　這裏特別想討論大樹（植物）的「它」。我們平日用的有「牠」、「它」、「她」、「他」、「祂」。我們習慣將「它」稱為「死物它」，用來作為死物的代詞。死物當然是相對生物而言，如果我們將這棵大樹稱為死物，莊子肯定不高興了。其實，在《商務學生字典》裏，「它」是「事物是第三身代詞」；在《現代漢語詞典》裏，是「人稱代詞。稱人以外的事物」；台灣《國語辭典》指它是「第三人稱代詞。代指人以外的動物、植物或事物」。原來「死物它」只是我們對「它」的稱呼，字典裏似乎都沒有「它」便是死物的意思，相信莊子也可感到放心。

無事」之境界的真實途徑。[5]

人與自然如何可以達致「相安無事」，彼此要有着生存的共識，要掌握如何互相利用。

例言之，自新冠肺炎疫情蔓延以來，市民多了機會使用餐廳的外帶服務，隨之而來的是許多即棄餐具。能夠用上自備餐具當然最好，或許使用環保物料所製作的餐具和餐盒也是退而求其次的選擇。從前，飯盒主要以泡沫塑料為主要物料，難以分解，造成長遠的環境破壞。現在，一些原本已是無用廢物的環保物料，例如用可可殼以生產環保飯盒。無用的物料用作生產有用的餐盒，也是現代社會對抗環境破壞的方法，並有利於地球的永續發展。如此的無用之用，也是現代社會裏的生活智慧。

順應自然的重要性

《莊子》的「無用之用」故事，還有一個記載在〈山木篇〉裏。莊子行走於山林之中，看見一棵大樹枝葉十分茂盛，伐木的人卻在樹旁而不砍伐。莊子因問其故，伐木者指出乃因大樹沒有甚麼用處。莊子便說，此樹的不成材致使它能夠安享天年。此後，莊子離開山林，留宿在朋友家中。朋友十分高興，請僕人殺鵝以作款待。童僕入問主人，有兩隻鵝，一隻能叫，

---

5 葉海煙：〈道家倫理學的系統建構〉，《道家倫理學：理論與實踐》（台北：五南圖書出版股份有限公司，2016 年），頁 132。

一隻不能叫，應該宰殺哪一隻。主人指示僕人，將不能鳴叫的一隻殺掉。

莊子的學生對此不甚明白。大樹不成材而能終享天年，而主人的鵝不成材則被殺掉，同樣的不成材，卻有不同的下場。究竟應該要追求成材，抑或是不成材，才可以保存性命呢？莊子聽到學生的疑問後，笑着指出，如果是自己的話，將會處在「材」與「不材」之間。此後，莊子繼續分析，認為材與不材，重要的是要順其自然。唯有順其自然，才可以使人免於勞累與憂患。

順應自然看似消極，其實不然，這才是人與大自然「雙贏」的方法。凡事順應自然，避開障礙而不硬碰，遇上困難的時候，小心謹慎處理，像「庖丁解牛」故事裏的「緣督以為經」，那便可以保身、全生、養親和盡年。積極入世，與消極處事，看起來涇渭不同，大有分別。其實，每個人都應該有着積極與消極的行事方式，在不同的情況下斟酌使用。過於積極與消極，過猶不及，二者俱失。

2.5

匠石運斧談合作

　　千金易得，知己難求。臉書最多可有 5,000 個朋友，有些人甚至有幾個臉書帳號，朋友是 5,000 的數倍。人類學家鄧巴（Robin Dunbar）指出緊密人際關係的人數上限只是 150 人，最親密的摯友平均只有 5 個。因此，朋友而能成為知己的，只在少數。人與人之間多有合作，並在合作的過程中深入認識了解每個人的特點，合則來不合則去，相合的先為朋友，進而為知己。《列子·湯問》記載了伯牙善鼓琴、鍾子期善聽的故事，後來鍾子期死，伯牙不復鼓琴，慨嘆知音之難得。《莊子·徐无鬼》有一個匠石運斧的故事，說的也是知己難求的道理。

匠石與郢都泥匠

　　惠施是莊子的好友，「知魚之樂」的故事便記載了莊子和惠施爭辯的過程。惠施先於莊子而死，《莊子·徐无鬼》記載了莊子為友人送葬，途經惠施墓地，並跟隨從說了一個故事。從前，郢地泥匠將白土泥塗抹在自己的鼻尖上，像蚊蠅翅膀般大，他請匠石用斧頭砍削這白點。匠石揮動斧頭，呼呼作響，瞬間便將白點砍掉，而不傷着鼻子。郢都泥匠一直站立，若無其事，面不改容。宋元君聽到這件事，便召見匠石，希望匠石

也能運斧一試。匠石指出，自己確實曾經砍掉鼻尖上的小白點，不過，那位可以搭配的伙伴早已死去了。莊子說，自從惠施離開人世後，自己已沒有可以匹敵的對手了，也沒有可以一起談論的人了。

匠石運斧的能力超卓，出神入化，才可以將郢都泥匠鼻尖上的「堊」（白善土）砍削下來。然而，郢地泥匠的「立不失容」也非常重要。試想想，如果郢都泥匠對匠石的運斧能力沒有信心，身體稍為晃動，任憑匠石的能力如何，也不可能成功完成削堊之舉。因此，二人的緊密合作，才是成功削堊的關鍵。錢穆《莊子纂箋》引陸長庚云：「非有立不失容之郢人，則匠亦無所施其巧。」沒有郢人的冷靜配合，匠石技巧再高也無計可施。

人是群體動物，要做到遺世獨立並不容易，事情的成與敗每每是與人互動的結果。不少天才橫溢的人，聰明絕頂，可是在工作上卻屢屢碰壁。這當然不是他自身能力的問題，而是缺少了團隊的合作。單打獨鬥或許可以帶來片刻的成功，但如果要成就大事業，便一定是在考驗我們的協作能力。不單人類世界如此，我們看看非洲草原上的獅子，遇上大型獵物，母獅們也會集體行動，進行群體捕獵，才能大大增加勝算。

論辯對手惠施

春秋戰國時代的諸子百家，他們的學術思想能夠流傳下來的並不多。當時書寫條件有限，再加上秦漢之際典籍大量散佚，今天能夠了解其學術主張的不過是鳳毛麟角。惠施便是一

例。惠施是莊周的好友，惠施的事蹟主要見於《莊子》裏，因此，雖然莊周與惠施時有論辯，見解不同，但《莊子》卻是後世了解惠施的重要材料。除《莊子》外，《荀子》、《韓非子》、《呂氏春秋》等也有惠施的記載。《漢書‧藝文志‧諸子略》之〈名家〉載有「《惠子》一篇」，班固自注：「名施，與莊子並時。」顯然，《惠子》便是惠施的作品，可是自《隋書‧經籍志》後即不見著錄，大抵已經失傳。

莊子經過惠施的墓地，憶起亡友，因而跟隨從說了上述匠石與郢都泥匠的故事。在《莊子》裏，〈逍遙遊〉載有莊子與惠施關於大而無當的討論，又有言不龜手之藥；〈德充符〉討論人有否情欲；〈秋水〉載惠子相梁，以及知魚之樂的故事。〈至樂〉載莊子妻死，惠施往弔唁之；〈徐无鬼〉載莊子與惠施關於「公是」的討論。此外，在〈則陽〉、〈外物〉、〈寓言〉等篇章皆可見惠施的身影。由此而言，惠施與莊周二人關係密切，時相過從，當無可疑。

好友之間時有論辯，並不罕見；且因二人份屬好友，才可以無所不談，徹底討論。友情可以經得起面紅耳赤的爭吵，如此的朋友才可算是摯友。人與人之間，往往輕交易絕，爭執雙方，如果不肯讓步，各持己見，僵持不下，那麼友情便會逐漸消逝。反之，其中一方願意退讓，或作最大程度的傾聽，友情才可重回正軌，甚至是更進一步。在《莊子》裏，我們看到莊周妻子離世後，惠施親身前往弔唁，如非摯友，安得如此？因此，在惠施去世後，莊周便失去了可以無所不談的摯友了。

成為技藝精湛的人

讓我們回到匠石與郢都泥匠的故事上。匠石能夠將郢都泥匠臉上那一層薄薄的白善土砍掉而不傷鼻子，其運斧技藝高超，毋庸置疑。看起來易如反掌的事情，如果沒有經過日積月累的訓練，並不可能成功。

「台上一分鐘，台下十年功。」匠石瞬間的揮斧砍堊，背後大抵已有無限光景的鍛煉。「熟能生巧」，"Practice makes perfect"，我們都聽過。看着別人輕描淡寫地完成任務，或使人們誤以為此事毫無難度。在運動場上，運動員舉手投足，優美動人，背後付出的汗水和努力，難向外人盡道。

在 2021 年所舉行的東京奧運裏，香港市民見證了張家朗勇奪男子鈍劍個人賽金牌，全城沸騰，興奮無比。在勝利背後，張家朗為了專注練習，其實早在中四時候已經退學，成為全職運動員，進行不間斷的訓練，並且東征西討，累積經驗，才能取得非凡成就。奧運過後，港人劍擊熱情不減，因珠玉在前，成為了許多父母願意讓子女參加的課外活動。全民運動，自是美事，運動員的紀律服從、團隊精神、堅毅不屈，乃比奪取佳績更為重要。總之，在看到別人技藝精湛之時，我們也應該反思所應付出的努力！

第三章

《史記》

高祖本紀第八

史記八

高祖，沛豐邑中陽里人，姓劉氏，字季，父曰太公

　　司馬遷《史記》是一部紀傳體通史，內裏記錄了三千年的史事，起自傳說時代的軒轅黃帝，訖於漢武帝太初年間。全書一百三十篇，包括十二本紀、十表、八書、三十世家、七十列傳，約有五十二萬六千五百字。其中「本紀」主要按帝王世系及其年代以記述政事，「表」乃排比並列歷代帝王、諸侯國間之大事。「書」為經濟文化等方面之專門論述，「世家」則記述諸侯王國及輔漢功臣。「列傳」為一般人物傳記。

近承父命，遠繼孔子

　　《史記》的作者是司馬遷，他承繼父親司馬談的遺命，並在以孔子《春秋》為榜樣的情況下，完成本書。元封元年（前110），漢武帝封禪泰山，司馬談因病不能相從，憂憤而死，並將一己著述歷史之遺願交予司馬遷。三年後，司馬遷繼任太史令，綴輯史書以及國家的藏書，搜集整理史料。太初元年（前140），開始撰寫《史記》，時年四十二。天漢二年（前99），李陵投降匈奴，司馬遷因上書救李陵，而遭武帝誤以為詛貳師將軍李廣利，因而於次年下獄受「腐刑」。就司馬遷一生而言，此乃奇恥大辱。然而，他隱忍苟活，認為死有輕於鴻毛，有重於泰山，又因著述未成，恨文采不表於後。司馬遷想到古代聖賢意有鬱結，亦透過立言以釋懷，是以決心完成撰寫《史記》之願。出獄後，嘗任中書令一職，但無心仕進，積極著述，約於征和三年（前90）完成《史記》之撰述。此後，司馬遷之事蹟蓋不可考，大約卒於武帝末年，其生卒年與武帝相始終。

司馬遷撰《史記》，實繼孔子之《春秋》。司馬談死前，囑咐司馬遷繼承孔子遺志。孔子的《春秋》，所謂「垂空文以斷禮儀，當一王之法」，即是以史筆寫下何謂禮儀，並用來代替周王朝的法典，以《春秋》作為衡量是非的工具。《史記》亦有同樣的作用。今觀《春秋》一書，是非褒貶盡在字裏行間，並非單純史書。《史記》亦然。《史記》為「究天人之際，通古今之變，成一家之言」之著述，司馬遷在書中每多「微文刺譏，貶損當世」，如〈封禪書〉本應敍述三千年以來封禪事，但全篇卻幾乎只集中言漢武帝封禪之事。又如〈汲鄭列傳〉中引汲黯謂武帝「內多欲而外施仁義，奈何欲效唐虞之治乎」以諷刺漢武帝。

《春秋》之後，一人而已

《史記》的原名為《太史公書》，即太史公司馬遷的著述，起初並未有「歷史」之意。《漢書・藝文志》亦將《太史公書》歸屬於《六藝略・春秋類》，即視之為與《春秋》相類的經學著作。清人章學誠《文史通義》十分重視司馬遷獨創紀傳體史書之精神，指出「夫史遷絕學，《春秋》之後，一人而已。其範圍千古、牢籠百家者，惟創例發凡，卓見絕識，有以追古作家之原，自具《春秋》家學耳」，認為司馬遷乃《春秋》後之第一人，誠為卓識。今天，我們追求歷史的描述要客觀，或者是要相對地客觀。其實，史書既然由人編撰，肯定帶有史家自己的主觀感受。例言之，我們閱讀《史記》，以此而認識西漢，但這個西

漢時代肯定不會是「客觀的西漢」，而是「司馬遷筆下的西漢」。

序事中寓論斷

《史記》傳承着《春秋》之書法，也有像《春秋》般的微言大義。舉例而言，司馬遷最常用直書方式，即清人顧炎武所謂「於序事中寓論斷」。顧炎武指出，《史記》在序事中已可見司馬遷的論斷。如在《史記‧平準書》之末，載有卜式之語，謂「縣官當食租衣稅而已，今弘羊令吏坐市列肆，販物求利。亨弘羊，天乃雨」。武帝起初重用卜式，用意在於公告天下，希望老百姓皆能分財以助縣官，此舉相較鬻官鹽鐵而言，規模更寬；相較算緡告緡，更為合理。可是，武帝結果還是採用平準之法，未能紓解民困。

所謂平準法，是指當市場上某種商品價格上漲時，就以低價出售；價格下跌時，則予收購，以保持物價相對穩定。按理說，如此官營商業能起平抑物價，限制富商大賈操縱市場的作用，老百姓當能有所得益。可是，在實行的過程中，更多的是官商勾結囤積居奇，賤收貴賣，肆意投機，富商巨賈不單不受抑制，加之以貪官中飽私囊，百姓生活更苦。平準之法終極成了與民爭利的弊政。在〈平準書〉之末，司馬遷謂武帝元封年間小旱，武帝使百官祈求降雨。卜式進言，認為政府費用只應倚靠正常的租稅，桑弘羊卻讓官吏坐在市場上的店鋪裏，做買賣賺錢。因此，只有煮死桑弘羊，天才會降雨。借卜式之口，已表明司馬遷《史記》對平準法的立場。凌稚隆《史記評林》

云：「一篇結束，借此以斷興利之臣之罪。」凌氏所言是矣。又，郭嵩燾《史記札記》云：「史公以『平準』名書，至此始一著其義，而以卜式之言終之，為武帝與民爭利，至平準而始極也。而因取以名篇，以示譏刺之意。」郭氏特別指出《史記》所以用「平準」作為篇名之因由，實含譏刺之思，所言有理。

十篇有錄無書

司馬遷《史記》自成書以後，未有即時公開流傳。據〈太史公自序〉所言，《史記》「藏之名山，副在京師，俟後世聖人君子」，至漢宣帝時，司馬遷外孫楊惲「祖述其書」，方公佈於世。《史記》原有一百三十篇，但似乎早在東漢之時，已有十篇闕失。然則在此一百三十篇中，已有後人的補錄。《史記》有幾篇文章看來體例不純，司馬遷的立傳本意都與微言大義相關。例如項羽不是帝王，何以列入「本紀」；孔子、陳涉不是王侯將相，何以位次「世家」；淮陰侯韓信既已封侯，何以只在「列傳」。

魯迅曾經稱譽《史記》，認為此書乃是「史家之絕唱，無韻之《離騷》」。無論在史學、文學上，皆獨步千古。以下我們挑選了書裏的一些小故事，看看裏面所呈現的大智慧。

延伸閱讀
1. 李長之《司馬遷之人格與風格》
2. 瀧川資言《史記會注考證》

3. 凌稚隆《史記評林》
4. 朱東潤《史記考索》
5. 朴宰雨《史記漢書比較研究》

3.1

彼此信任的管仲與鮑叔牙

傳統文化裏有所謂五倫，說的是五種人際關係，分別是君臣、父子、夫婦、兄弟、朋友。《孟子・滕文公上》：「父子有親，君臣有義，夫婦有別，長幼有序，朋友有信。」父子之間有骨肉之親，君臣之間有禮義之道，夫妻之間摯愛而有內外之別，老少之間有尊卑之序，朋友之間有誠信之德。五種關係之中，唯有朋友一倫有着最豐富複雜的內涵，最為充滿未知。以下為《史記・管晏列傳》所見管仲與鮑叔牙的故事，即著名的「管鮑之交」，看朋友之間如何彼此信任。

管鮑之交

管仲，名夷吾，字仲，後世多稱為管子，春秋時代齊國政治人物。他協助齊桓公九合諸侯，一匡天下，成為春秋五霸之首。鮑叔牙乃春秋時代齊國大夫，一直輔佐齊國公子小白（即齊桓公）。管仲與鮑叔牙是一對好友，在《史記・管晏列傳》裏，可以看到管仲細訴二人的友情歲月。

首先是管仲在昔日貧困之時，曾經和鮑叔合作營商，分財利時自己卻總是多要一些，但鮑叔並不以他為貪財，因鮑叔知道管仲家貧。其次，管仲曾經替鮑叔出謀獻策，反使鮑叔更

為困頓不堪，身陷窘境，但鮑叔卻不以他為愚笨，因鮑叔知道時運有順有不順。再者，管仲多次做官均為國君驅逐，鮑叔不以他為不成器，因知道他沒遇上好時機。另外，管仲多次臨戰而逃跑，鮑叔不以他為膽小，因知道其家有老母需要照顧。最後，管仲原本輔佐的公子糾失敗，召忽為之殉難，管仲則遭受囚禁屈辱，鮑叔不以他無廉恥，因知道他只以功名不顯而感到恥辱。總而言之，二人的友誼幾乎都是鮑叔付出，而管仲一直在受恩。因此，管仲認為生養的是自己的父母，可是了解自己的肯定是鮑叔。

生命中遇上鮑叔這般的知己實在難得。不計較付出，而只希望對方好。在管鮑之交裏，我們幾乎只看到鮑叔單方面對管仲的好，但不要忘記，這是因為我們在看管仲的故事，敍事角度全由管仲而出。試想想，如果敍事角度換作是鮑叔，那麼他又會怎樣描述自己與管仲的友誼呢？轉換觀點與角度，可能帶來截然不同的看法。每個人都會有自己的好朋友，在吃喝玩樂之餘，我們又能否仔細列出朋友對自己的好呢？能夠看到別人對自己的好，友誼才得永固。

鮑叔牙的知人

管仲眼裏全是鮑叔對自己的好，鮑叔是能夠了解管仲的人。《史記・管晏列傳》用了幾句帶有「知」字的句子，分別是：「知我貧也」、「知時有利不利也」、「知我不遭時也」、「知我有老母也」、「知我不羞小賜而恥功名不顯于天下也」、「知

我者鮑子也」。張履祥指出「〈管晏傳〉大約此篇着意全於知己處」；李晚芳《讀史管見》認為篇中利用管仲之口「備言鮑子知我之感，慷慨淋漓，可歌可泣，知之者賢，則受知者之賢自見」。此外，高塘《史記鈔》云：「管、晏在春秋，功止烜赫一時，而兩傳只用虛括之筆揭出，不肯鋪敍霸顯事績，俱從交游知己上著筆，寄慨良深，所謂論其軼事也。」可見張履祥、李晚芳、高塘等人皆認為鮑叔與管仲的相知在篇裏最為重要。不過，管鮑相知，其實更多的描寫是在鮑叔了解管仲種種行為背後的原委。

要了解別人，需要易地而處，代入對方的身分以作考量。以鮑叔為例，要明白管仲為甚麼在合作營商時每多取利，先應知其家貧。在戰場上屢次退縮，先應知其家有老母。因為能夠代入對方的角色，在其行徑有別於常態時，都能夠了然於胸，而不影響交情。鮑叔能夠了解管仲的經濟狀況、政治主張、家庭成員、志向抱負等，乃是全方位多角度了解友人。我們對身邊友儕又了解多少呢？友情是雙向的，在慨嘆沒有人了解自己的同時，我們更要向鮑叔學習，深入了解自己的好友。

齊桓公用人不疑

齊桓公是齊僖公之子、齊襄公之弟。齊襄公和公孫無知(齊僖公遺腹子)相繼死於內亂後，公子糾與公子小白爭位，結果小白先回到齊國，成功即位，是為齊桓公。召忽、管仲一同輔佐公子糾，而鮑叔、高傒則輔佐公子小白。在齊國內亂時，

兩派欲盡快趕回齊都臨淄,卻在路上相遇。據《史記·齊太公世家》記載,「管仲別將兵遮莒道,射中小白帶鉤」,管仲領兵阻止公子小白回國,更射中了小白衣帶鉤,而小白佯死。齊桓公即位之初,便想殺死管仲以洩心頭之恨,但因鮑叔的進言改變想法。鮑叔說:「君將治齊,即高傒與叔牙足也。君且欲霸王,非管夷吾不可。」鮑叔認為如果只是想治理齊國,有高傒和自己便就夠了;但如果想要成就霸王之業,則非管仲不可。

在鮑叔的進言,以及自己的觀察下,齊桓公遂延攬管仲,「厚禮以為大夫,任政」。接著,管仲與鮑叔、隰朋、高傒等齊心輔佐桓公,使齊桓公稱霸諸侯,「九合諸侯,一匡天下」,成為春秋五霸之首。管仲治國才能卓越,成就桓公霸業,然而齊桓公之不避舊仇,予以重用,不問出身,有着如此容人器量,更是重中之重。面對原來持見相異的人,我們可以體察對方的好處,然後不避前嫌而加以重用嗎?成功人士的目光遠大,着眼的只會是如何成就遠處的功業。如果齊桓公只着意於昔日恩仇,自必早除管仲而後快,五霸之事業便不復存在。齊桓公有着長遠目光,故能釋懷而重用管仲,使齊國稱霸諸侯。齊桓公的胸襟與器量,實在值得我們學習。在學校、在公司、在社會,如果能夠緊記「用人不疑,疑人不用」的原則,相信不少問題均可迎刃而解。

3.2

一諾千金的季布

　　人與人之間相處，言而有信十分重要。答應了別人的事情，便當信守承諾，言出必行。不斷違背諾言，慢慢便會失去別人的信任。《論語·顏淵》裏曾經有這樣的句子，孔子說：「自古皆有死，民無信不立。」自古以來誰都免不了死亡，但是一個國家不能得到老百姓的信任就會倒台垮掉。信任是建築在承諾之上的，《史記·季布欒布列傳》便記載了漢代初年季布信守諾言的故事。

朱家的知人與舉薦

　　季布原為西楚霸王項羽的統兵之將，早年已因行俠仗義而馳名楚地。季布善戰，多次使劉邦受到困窘。項羽敗亡後，漢高祖劉邦曾下令誰敢窩藏季布便夷其三族。季布遭人賣給魯地的朱家當奴隸，朱家乃當時任俠，在關東勢力龐大，多有藏匿各地豪強和亡命之徒。

　　雖然為人所賣，大抵季布本人相貌不凡，故朱家一看便知這位奴隸乃是季布。《史記》十分重視「知人」，「了解別人」成為了不少篇章的故事脈絡。能稱為「任俠」，表明此人願意仗義襄助、慷慨好施，為人抱打不平。朱家便是這樣協助季布。

朱家將季布買下來後，便安置他於田裏耕作，並且告誡兒子，在田間耕作之時，要聽從季布的吩咐，更要和季布吃着同樣的飯。

此後，朱家便拜見夏侯嬰，向他訴説季布的賢能，而高祖不可能盡殺天下得罪自己的人，否則只會顯示出自己器量狹小。夏侯嬰果然跟高祖説明一切，而高祖亦赦免了季布。季布原為楚將，欲殺劉邦自是合情合理；而劉邦得天下，為了籠絡民心，實不可能盡殺結怨之人。朱家能夠救人之急，沒有揭穿季布，而自己則暗地裏往見夏侯嬰，為之説項。此可見其人有知人之明，亦有説服別人兼且動之以理的能力。別人舉薦，較諸自薦，每每更具説服力。自己的優點由自己巨細無遺地道出，別人未必相信；反之，他人在了解後，提煉精華，抽身客觀評論，方作舉薦，更能服人。

季布一諾

季布歸漢以後，受到漢高祖劉邦重用，任為郎中。至惠帝、文帝朝，仍然為漢室出力。楚地有諺語：「得黃金百，不如得季布一諾。」得到黃金百斤，還比不上得到季布的一句諾言。此話出自楚人辯士曹丘生之口，他本欲往見季布，可是曹丘生並非德高望重的人，故季布不欲見之。然而，曹丘生能言善道，指出自己亦為楚人，可以在梁、楚之地到處宣揚季布的名字，故自己的作用甚大。結果，季布決定接待曹丘生，以他為最尊貴的客人，並予以厚禮。《史記》續言，「季布名所以益

聞者，曹丘揚之也」，是曹丘生使季布更為遠近聞名。

　　為甚麼得到別人的許諾如此重要呢？因為人與人的溝通講求誠信，而誠信是累積回來的。如果每次的承諾都沒有兌現，那麼別人慢慢便對你失去信任。有時候，在不同場合總會碰上某位朋友，然後便會說「下次一起吃飯」，這樣的說話如果每次都沒有履行的話，到頭來只是空話。如此下去，友誼便會受到考驗。父母子女之間，親情洋溢，但守諾同樣重要。例如父母答應了必定抽空請假參加子女學校的運動競技日，可是臨時缺席，違背了跟子女的諾言。一次或許可原諒，但到了第二次、第三次的時候，小孩子便會覺得父母的說話並不可信。這樣的影響可以是巨大而長遠的。

不要輕易許下諾言

　　季布乃當時任俠，其弟季心亦然，更能做到「士皆爭為之死」。季布、季心兄弟二人，「當是時，季心以勇，布以諾，著聞關中」。季心因勇敢而知名，季布因重諾言而知名，皆在關中地區名聲顯著。重視諾言，便不要輕易許下諾言。要知道，能夠履行承諾才是許諾的關鍵。諾言太多，不能一一兌現，便會成為失諾之人。

　　說到做到是美德，然而一言既出，駟馬難追。因此，在許下承諾之前，我們要想清楚自己是否能夠做到。能夠許下諾言，也是對自己能力的信任。自身能力不足，便不要過於勉強自己，更不要給別人帶來無謂的假希望。在《史記·游俠列

傳》裏，指出游俠的特點乃是「其言必信，其行必果，已諾必誠」，說話一定可信，做事一定果敢決斷，已經許下承諾的必定實現，以示誠實。任俠與游俠意義相近，前文提到的朱家亦入〈游俠列傳〉。

死有重於泰山

季布原為項羽麾下的大將，司馬遷譽之為「壯士」。在項羽被滅以後，季布沒有殉主，反而藏匿於周氏之家，並聽從周氏獻計。周氏將季布的頭髮剃掉，並用鐵箍束住季布的脖子，穿上粗布衣服，置於運貨的大車裏，將季布和周家的幾十個奴僕一同賣給魯地的朱家。

面對如斯境地，季布仍然能夠忍辱負重，司馬遷在本篇的「太史公曰」指出，「彼必自負其材，故受辱而不羞，欲有所用其未足也，故終為漢名將」。司馬遷認為季布必然是自負有才能，方能蒙受屈辱而不以為羞恥，以期發揮他未曾施展的才幹，最終成為了漢朝的名將。甚麼是勇敢？世人有着不同的詮釋，「賢者誠重其死」，不會胡亂犧牲。司馬遷在〈報任安書〉也說：「人固有一死，死有重於泰山，或輕於鴻毛，用之所趨異也。」人總有一死，但死有重於泰山，也有輕於鴻毛，分別在於死的作用有所不同。司馬遷本人在李陵之禍後慘受宮刑，本欲尋死，但因《史記》尚未完成，故忍隱苟活以完成此鉅著。人生在世，如有勇氣尋死，倒不如勇敢地活着，繼續為人世間的美好而貢獻自己的努力。司馬遷對季布的評論，正正

體現在他自己的生平遭際中，言出必行的不單是季布，司馬遷
本人亦如是。

淮陰侯韓信的胯下之辱

能夠成就大事業的人，每多不拘小節。如果能夠訂立遠大的目標，朝着目標努力，即使在路途上遇上許多障礙，也能迎刃而解，繼續前進。淮陰侯韓信是漢代開國功臣，漢初三傑（張良、韓信、蕭何）之一。韓信善於領兵，是劉邦集團唯一與項羽交戰而有取勝把握的將領。以下是《史記·淮陰侯列傳》裏韓信故事對我們的啟迪。

忍辱負重

《史記》的不少篇章均有交代傳主的少年往事，並利用此等故事與後文相呼應。〈淮陰侯列傳〉裏便有韓信年輕時的三件往事。第一，韓信曾經多次在南昌亭亭長處白吃，接連數月，亭長妻子故意提前煮飯並到其他地方吃了。到了吃飯時間，故意不給韓信備飯。韓信明白其用心，一怒之下便離開了。

第二，韓信釣魚時，看見幾位婦人在河邊洗漂衣服，其中一位看見韓信肚餓，便取飯給韓信吃。數十天日復如是。韓信告訴那位給他飯的婦人，將來自己一定會報答她。婦人澄清，指出自己只是可憐韓信才給他飯吃，並非期望韓信能夠報答。

第三，淮陰一位年輕屠戶嘗侮辱韓信，說韓信雖然長得高大，卻只是膽小鬼。後更當眾侮辱韓信，指出韓信如不怕死，可以取劍刺之；如果怕死，就請從自己的胯下爬過去。韓信仔細地打量了少年屠戶，最後決定低下身，趴在地上，從少年屠戶的胯下爬了過去。牛震運《空山堂史記評注》云：「孰視、俯出、蒲伏，形容如畫。」司馬遷在此「每於英雄微困時事，不厭詳悉曲盡」。可以想見當時韓信對此行為是經過了深思熟慮的。滿街的人皆取笑韓信，以為他膽怯。

面對別人冷嘲熱諷，看似一事無成的韓信沒有動搖，更可見其靜待時機、能忍耐的能力，並無操之過急。如果韓信在這些場合已受到別人挑釁，跟對方起衝突，那便顯示出他並非深謀遠慮的人。所謂「小不忍則亂大謀」，如果我們心裏想着更重要的事情，在此之前發生的任何屈辱，皆可一笑置之。

以退為進

上文提到韓信的胯下之辱，當時市集中的人皆取笑韓信為人怯懦，「一市人皆笑信，以為怯」。其實，處事時能有所「怯」，正是韓信的長處，也是他後來在戰場上取勝的關鍵。「怯」字在〈淮陰侯列傳〉裏出現四次，首兩次見於胯下之辱的故事裏，其餘兩次，也有足觀之處。

韓信善戰，既有戰場上的驍勇善戰，更有對兵法之嫻熟。示人以怯懦，目的在於使敵人生驕，致使驕兵必敗。《孫子兵法・始計》云：「兵者，詭道也。故能而示之不能，用而示之

不用，近而示之遠，遠而示之近。……攻其無備，出其不意，此兵家之勝，不可先傳也。」在戰場上，運用詐謀奇計以克敵制勝。因此，有能力作戰的，反而示敵以弱；準備作戰，反而示敵不作戰；欲取近道，反而示敵以遠路；欲取遠路，反而示敵以近道。要進攻敵人沒有防備之處，出擊敵人在其未能意料之時。如此便是用兵者的致勝關鍵，不可事先張揚。

第三次的「怯」出現在井陘大戰時。此戰韓信率軍擊趙，交戰時韓信刻意敗走，示人以弱，甚至退兵至於河邊，背水一戰。要知如此排陣，韓信軍隊無路可退，但原來韓信一早安排兩千騎兵，突入空群而出的趙軍陣營，並插上漢軍旗幟。另一方面，韓信軍隊退無可退，置諸死地而後生，奮勇殺敵，擊潰趙軍。漢兵摧毀趙軍，更生擒了趙王歇。第四次「怯」見於韓信與楚大將龍且的濰水大戰。龍且揚言「吾平生知韓信為人，易與耳」，以為自己甚為了解韓信，要應付韓信十分容易。兩軍大戰，韓信佯敗，引龍且軍至濰水之中。龍且見韓信敗走，便以為「固知信怯也」。結果，韓信決濰河之水，淹斃楚軍，更將龍且殺死。

韓信能忍，且善於用兵，所以「怯」不過是包裝手段。遇事之時，我們不必事事逞強，在劍拔弩張之時，退一步可以海闊天空。以退為進，並非臨時調動，而需要事前的周密計劃。示人以弱，使對方放下了戒心，這樣才可以掃蕩原來的障礙，無往而不利。

鋒芒畢露招猜忌

韓信是漢初三傑之一，最終輔佐漢高祖劉邦得天下。曾經，蒯通因感韓信能力之大，勸說韓信脫離劉邦陣營，與項羽、劉邦形成鼎足而三的局面。然而，韓信有感劉邦知遇之恩，因而沒有採納蒯通之計。在劉邦得天下後，慢慢開始剷除一眾本為開國功臣的異姓諸侯王，所謂「飛鳥盡，良弓藏」是也。最後，呂后與蕭何誘騙韓信入宮，以謀反之名將韓信處死。

韓初三傑其餘二人，張良、蕭何皆得善終，何以只有韓信慘遭處死？此因韓信為人過度自信，功高蓋主，鋒芒太露。〈淮陰侯列傳〉云：

> 上常從容與信言諸將能不，各有差。上問曰：「如我能將幾何？」信曰：「陛下不過能將十萬。」上曰：「於君何如？」曰：「臣多多而益善耳。」上笑曰：「多多益善，何為為我禽？」信曰：「陛下不能將兵，而善將將，此乃言之所以為陛下禽也。且陛下所謂天授，非人力也。」

劉邦得天下後，有一次，跟韓信議論各將軍的高下，認為各有長短。劉邦先問韓信，以自己的才能可以統率多少兵馬？韓信指出劉邦可以統率十萬。劉邦復問韓信可以統率多少兵馬，韓信認為自己是愈多愈好。劉邦笑着回應，既然如此，何以韓信最終還成為了自己的俘虜？韓信答道，陛下不能帶兵，卻善

於駕馭將領，此乃所以為陛下俘虜的原因。況且，劉邦的能力是上天賜予的，並非人力所及。韓信看似到了最後還是歌頌了劉邦的能力，可是即就帶兵多寡一項，肯定已經惹起劉邦的猜忌。

雖說各司其職，術有專攻，但在上級面前，應當保持謙虛，切忌鋒芒過露。在職場上，固然要適當地表現自己，讓上級留下良好印象；但露才揚己，反會招致同事的妒忌。同理，在學校裏，如果自己某科目成績特佳，每當老師發問，便都搶着回應，此舉也是鋒芒過露，易招同學不滿。一言不發，滔滔不絕，皆有未善，凡事取得平衡，也是一場人生考驗。

3.4

不令而行的飛將軍李廣

　　漢武帝一朝，西漢國力走向頂峰，人才輩出，文治武功皆不缺。在開拓疆土之上，有着如李廣、衛青、霍去病等名將。其中李廣號為「漢之飛將軍」，卻一直得不到封賞。司馬遷在《史記・李將軍列傳》對李廣為人推崇備至，心生景仰，較諸衛青與霍去病的評價更高。李景星《四史評議》云：「不曰韓信，而曰淮陰侯；不曰李廣，而曰李將軍，只一標題間，已見出無限的愛慕景仰。」李氏認為本篇名為〈李將軍列傳〉，已可見司馬遷的推崇之情。

沒矢入石

　　據《史記・李將軍列傳》記載，李廣騎馬、射箭俱精。箭藝高超，除了勤加練習以外，心無旁鶩，專心致志也是關鍵。有一次，李廣為匈奴騎兵所生擒，當時李廣受傷，匈奴人將李廣放在兩匹馬中間，在繩編的網兜裏躺着。後來，李廣假裝死去，其實是瞄準了旁邊一個匈奴少年所騎着的好馬，李廣突然縱身跳上匈奴少年的馬，並搶奪了他的弓，[6]策馬向南奔馳數

6　《史記》記載李廣「暫騰而上胡兒馬，因推墮兒，取其弓」，《漢書・李廣蘇建傳》則載李廣「暫騰而上胡兒馬，因抱兒鞭馬南馳數十里」。究竟李廣上馬後，是將原本騎馬上的匈奴少年推墮，抑或是抱着他疾走數十里，實在不得而知。這裏可知《漢書》文字雖然與《史記》多有相同，但這裏的説法並不一致。

十里，重遇殘部，遂引之進入關塞。匈奴出動幾百名騎兵追捕李廣，李廣一邊逃走一邊拿起匈奴少年的弓射殺追兵，方得逃脫。李廣的箭術是要何等超卓，才可以僅憑少年弓便能射退追兵。

專心射箭，可以激發無盡潛能。〈李將軍列傳〉有這樣的一段：「廣出獵，見草中石，以為虎而射之，中石沒鏃，視之石也。因復更射之，終不能復入石矣。」此言一次李廣外出打獵，看見草裏的一塊石頭，以為是老虎便發箭施射，結果射中了石頭，連箭頭都射進去了。李廣走過去一看，發覺原來不是老虎，只是石頭。接着，即使重新再射，終不能再射進石頭了。

激發潛能

李廣手臂特長，具備先天的優勢，且又專心致志，投入認真。李廣因為「以為虎而射之」，瞬間出現的危險，腎上腺素上升使李廣出現了更強的力量。做事的時候，我們有沒有專心致志、全力以赴呢？射虎而中石沒矢當然是可遇不可求，但能夠專心做事，我們的潛力便可激活。因為遇虎而激發潛能，遂至中石沒矢的人，除了李廣以外，《韓詩外傳》卷六、《新序‧雜事四》、《論衡‧儒增》、《博物志》卷八等典籍均記載了是楚國的熊渠子。

2005 年，美國亞利桑那州圖森市一名男子舉起一輛汽車，救出了一位被困的騎車者。2012 年，弗吉尼亞州格倫艾

倫市一名市民抬起了一輛從千斤頂上倒下來的私家車，救了父親一命。同年，加拿大一名女子在魁北克北部和北極熊對峙，保護了自己的兒子和他的小伙伴。李廣的沒矢入石就是這種「歇斯底里力」潛能所使然。

訥口少言

李廣為將，驍勇善戰，愛惜士卒，深得士兵愛戴。他為人廉潔，得到賞賜便「輒分其麾下，飲食與士共之」。然其領兵能力一般，雖云經歷大小七十餘戰，但有被匈奴圍困，有無功而還，有遭敵軍生擒，有迷失道上。究其原因，或與李廣為人「訥口少言」，即說話不多相關。領兵之帥，與士卒溝通乃是必然，但李廣居然跟士卒溝通不多，大抵乃其成就不及衛青、霍去病的原因。

傳統文化裏似乎更為喜歡少說話多做事的人，「訥於言而敏於行」、「多言多敗」、「吉人之辭寡」，重點都是話不要多。但說話過少而影響溝通，問題頗大。例如在足球場上，每支球隊會有一位隊長，隊長有甚麼特質呢？肯定是願意與人溝通，在場上對隊友的站位、迎球多有提點。故此，不少球隊的隊長都是中場或後衛球員。因這兩個位置的球員能夠遍觀球場，容易跟隊友溝通，從而發揮團隊精神。李廣作為將軍，騎射俱精固然重要，如能率兵而使全軍皆驍勇善戰，行軍佈陣出神入化，其成就肯定遠超今天史書所載。

行為端正

李廣作為「漢之飛將軍」，一生經歷了大大小小的七十多場戰役，但由於種種原因，一直不得封賞。元狩四年（前119），李廣最後一次出征，跟隨大將軍衛青攻打匈奴。李廣請纓為前將軍，但衛青不許，改任命李廣與右將軍趙食其出東道。但東道稍為迂迴，且無嚮導，致使迷路，結果較諸衛青更後才到達，而匈奴單于已經逃脫。後來，衛青軍隊終於遇上了李廣、趙食其等，衛青遂問二人迷路的情況，然後向天子上書報告。

李廣作戰多年而無大功，此番又因迷路而要面對受審對質。李廣一力承擔，認為責任皆在於己。在跟部下道出遺言後，便拔刀自刎。《史記・李將軍列傳》云：「廣軍士大夫一軍皆哭。百姓聞之，知與不知，無老壯皆為垂涕。」李廣自盡，其軍中所有將士皆為之痛哭。老百姓聽到此消息，無論是否認識李廣，不論老少，皆為李廣落淚。

為甚麼這麼多人會為李廣之死而落淚呢？司馬遷在「太史公曰」引《論語》說：「其身正，不令而行；其身不正，雖令不從。」在上位者行為端正，不下命令事情也能實行；行為不正的話，下了命令也無人聽從。司馬遷認為《論語》中所說的便是像李廣這樣的人。接着，司馬遷指出李廣老實厚道，少有開口，不善說話。然至其死之日，天下人不論認識與否，皆為李廣盡哀。李廣為人忠實，甚得將士們的信任。最後，引諺語說：「桃李不言，下自成蹊。」桃樹李樹不會講話，因其美麗，樹下會被人踩出一條小路。所言雖為小事，卻可用以比喻大

道理。

　　李廣領兵作戰不甚成功，與士兵的言語溝通似乎亦不多，但其人行為端正，以身教為楷模，故深得將士和老百姓歡喜。在學習歷程中，學科知識固然是學校欲加灌輸的內容。可是，師長的以身作則，友儕的朋輩影響，比起學科知識更為重要。老師是學生觀察學習的對象，一舉一動盡在青年人的眼裏。自2020年新冠肺炎爆發後，網課成為了傳授學科知識的折衷方法。較諸停課而言，網課總比停擺好，但學科知識即使能夠吸收，師長的言行身教便已不可親身感受。沒有了即時的互動，更少了上課時間以外的溝通，學校角色所面臨的改變，實在值得我們反思。

3.5

一鳴驚人的齊威王

自省能力很強的人，不需要別人提醒，便會不斷改進，止於至善。但大部分人並非如此。我們需要朋友的切磋砥礪，在混混噩噩的時候要別人在身旁提點，重新釐定人生的方向。戰國時代的齊威王便是如此。在位之初，沉湎聲色，及後重用賢人，勵精圖治，終使齊國稱王中原。

門庭若市

齊威王即位初期，不理政事。據《史記・田敬仲完世家》載，「威王初即位以來，不治，委政卿大夫，九年之間，諸侯并伐，國人不治」。威王不理國事，將政事交由卿大夫辦理，九年之間，諸侯多來伐齊，齊國並不太平。有一次，鄒忌來見齊威王，以城北徐公比自己俊美，但妻子、小妾、門人都不願説出真相為例，説明虛懷納諫的重要性。此事亦見《戰國策・齊策一》。

鄒忌説：「今齊地方千里，百二十城，宮婦、左右莫不私王；朝廷之臣，莫不畏王；四境之內，莫不有求於王。由此觀之，王之蔽甚矣。」（《戰國策》）由於齊國土地廣闊，齊王的妻妾、近臣、朝中大臣，以及國民，沒有人會膽敢在齊王面前

説真話，因此齊王所受蒙蔽必多。齊威王聽從了鄒忌的意見，下令能夠直言進諫者即予以獎賞。結果，「群臣進諫，門庭若市」，大臣們紛紛進諫，往來門庭人數之多，像市集一樣。齊王可以改善施政，而群臣亦能克盡己任。

關係密切的人有時候不大願意説出事情的真相，令我們未必得到改正的機會。諍友是直率坦言的朋友，勇於指出缺點錯誤。我們的身邊有沒有諍友呢？人生路上結伴同行的，不必只分享喜樂，如能指明過失，並能從旁協助以作改正，如此友人更是難能可貴，可遇而不可求。李世民貴為唐代天子，他的諍友便是魏徵，看到魏徵的〈諫太宗十思疏〉，言辭懇切，毫不晦澀，魏徵做到了勸諫君王的重任。遍觀世界局勢，朝綱混亂，惠民之策不施，實非政壇領袖一己的責任；官員受薪，理應勸諫首長，通力合作，發揮團隊精神，改善施政，方可稱善。

滑稽的説話之道

看到「滑稽」二字，我們很容易聯想起詼諧有趣的言語或動作。但《史記・滑稽列傳》的「滑稽」二字可不是這樣理解。唐代司馬貞注釋《史記》，他説：「滑，亂也；稽，同也。言辨捷之人言非若是，説是若非，言能亂異同也。」據司馬貞説，滑稽者應是能言善辯、言辭流利之人，跟詼諧無甚關係。

齊威王的身邊，除了上文提及的鄒忌以外，還有淳于髡。淳于髡個子不高，但機智善辯，多次出使，未嘗受辱。齊威王在位時特別喜歡隱語。所謂「隱語」，指的是隱射的言詞，需要

經過猜想推測才能得知答案，猶如今之謎語。齊威王終日飲酒作樂，不理朝政，可是大臣裏卻無人敢於進諫。淳于髡用隱語加以勸說：「國中有大鳥，止王之庭，三年不蜚又不鳴，不知此鳥何也？」淳于髡謂國內有一隻大鳥，棲息在威王的宮廷裏，三年裏不飛也不鳴叫，未知此為何等雀鳥。齊威王是聰明人，因知淳于髡所指乃是自己，遂言：「此鳥不飛則已，一飛沖天；不鳴則已，一鳴驚人。」齊威王說此鳥不飛則罷，一飛便即直衝雲天；不鳴叫則罷，一鳴叫便即震驚世人。齊威王明白了淳于髡的隱語，於是召集各縣令縣長，重振軍威出戰。各國俱驚，並皆歸還所侵齊地。從此，齊國聲威盛行了三十六年。

　　淳于髡能言善道，此為顯例。除了《史記》以外，《孟子》、《戰國策》、《呂氏春秋》等漢以前古籍也可見淳于髡的身影。淳于髡出現之處，多屬與他人的辯論。淳于髡沒有直接指出齊威王即位以後無甚作為，而是採用了迂迴的形式。齊威王在位最初九年只圖玩樂，不問政事，[7]如果淳于髡只是義正辭嚴地進諫，效果肯定不彰。但因威王喜愛隱語，淳于髡乃投其所好，以隱語為說辭。說話的藝術，看似迂迴，其實在針對了齊威王的喜好後而作調整，從而更容易達到遊說的原委。遊說別人，想要取得成功，一定要看穿對方的內心世界，洞悉其所

7　齊威王在位時間的長度，以及初期積弱的長短，史家多有爭議。錢穆《先秦諸子繫年》云：「其實威王始懈終勵，一時傳說紛紛，極言其中興之驟，奮發之奇，乃有三年九年之語，與淳于髡進隱及一日而封即墨烹阿大夫之說。以余觀之，似《國策》鄒忌事最為雅淨可取。」錢先生比較不同說法，指出齊威王事的繫年有不少差異，詳參該書〈七四　齊威王在位三十八年非三十六年辨〉。

需，從最關鍵處入手，然後才能制訂適當的策略，令對方明白說辭背後的意義。淳于髡做到了，我們如要遊說友儕，又有沒有做到先行了解對方呢？

一飛必定沖天

先秦的人和事，一則時代久遠，二則文獻闕如，出現了不少一事而未知屬於誰人所為的情況。一鳴驚人之事，《史記》載為淳于髡向齊威王的隱語，《韓非子·喻老》則載為楚莊王之事。孰為無誤，尚待探研。

齊威王也好，楚莊王也好，能夠醒悟，較諸死不悔改而言，自是美事。漢人賈誼《新書·先醒》提及了三類人，第一類是先醒，第二類是後醒，第三類是不醒。先醒的人能夠自我反省，故能及早覺悟；後醒的人在遇上亂事以後，驚覺亂事之因由，因而醒覺；不醒的人即使遇上亂事，也不反省所以遇上亂事的原因，最終招致滅亡。

齊威王能夠一鳴驚人，一飛沖天，單憑淳于髡的隱語並不足夠，其原有的實力也很重要。沒有平日的鍛煉，潛力不可能有發揮的一天。淳于髡的一番話激發了齊威王的潛能，我們身邊的淳于髡會在甚麼時候出現呢？或者，等到了淳于髡出現了，但自身實力有限，想要發揮也沒有了門徑。時機還沒來臨的時候，持之以恆的鍛煉必不可缺，待時機來臨之時，才可以一鳴驚人。我們也要留意任何有利的瞬間，機會到了，莫失諸交臂，否則便會抱憾終生。

第四章

《說苑》

劉向説苑卷第一

　君道

晉平公問於師曠曰人君之道如何對曰人君之道
清淨無爲務在博愛趨在任賢廣開耳目以察萬方
不固溺於流俗不拘繫於左右廓然遠見踔然獨立
屢省考績以臨臣下此人君之操也平公曰善

齊宣王謂尹文曰人君之事何如尹文對曰人君之
事無爲而能容下夫事寡易從法省易因故民不以
政獲罪也大道容眾大德容下聖人寡爲而天下理
矣書曰睿作聖詩人曰岐有夷之行子孫其保之宣

　　《說苑》乃西漢劉向編撰。劉向，字子政，原名更生，楚元王之後。高似孫《子略》譽之為「炯炯丹心，在漢社稷」。元帝時任宗正，奏章中多以天災附會時政，欲元帝「放遠佞邪之黨，壞散險詖之聚，杜閉群枉之門，廣開眾正之路」（《漢書・劉向傳》）；後因反對宦官弘恭、石顯亂政而下獄，貶為庶民。成帝時，拜中郎使領護三輔都水，任光祿大夫，校閱經傳諸子詩賦等書籍，撰成《別錄》。

對君主的忠告

　　《漢書・劉向傳》記錄劉向之著述及旨意，其云：

> 　　向睹俗彌奢淫，而趙、衛之屬起微賤，踰禮制。向以為王教由內及外，自近者始。故採取《詩》《書》所載賢妃貞婦，興國顯家可法則，及孽嬖亂亡者，序次為《列女傳》，凡八篇，以戒天子。及采傳記行事，著《新序》、《說苑》凡五十篇奏之。數上疏言得失，陳法戒。書數十上，以助觀覽，補遺闕。上雖不能盡用，然內嘉其言，常嗟歎之。

劉向看到當時的習俗愈趨奢侈，而趙、衛之流出身微賤，超越禮制。劉向認為王的教化是從裏到外，從近處開始。於是，便摘錄《詩》、《書》所載的賢妃貞婦，使國、家興旺可供效法的，以及寵愛而導致亂亡的，編次為《列女傳》，共八篇，以警戒天子。又摘取傳記故事，作《新序》、《說苑》共五十篇上奏。

劉向多次上書評說得失，陳述法戒。上書幾十次，以助閱覽世
事，彌補闕失。漢成帝雖不能全數採用，但仍在心中讚許劉向
所言，並經常感嘆不已。這裏可見劉向著述數種，包括《列女
傳》、《新序》、《説苑》。其中《列女傳》所載賢妃貞婦主要來自
《詩》與《書》，而《新序》和《説苑》乃採傳記文獻裏的行事，
合計五十篇。三書之內容大抵皆在言政事得失，並以舊事為
戒。

分類言政事得失

劉向編撰《説苑》，目的在於言政事得失，並以舊事為戒。
全書有二十篇，分為二十個主題，包括：〈君道〉、〈臣術〉、
〈建本〉、〈立節〉、〈貴德〉、〈復恩〉、〈政理〉、〈尊賢〉、〈正
諫〉、〈敬慎〉、〈善説〉、〈奉使〉、〈權謀〉、〈至公〉、〈指武〉、
〈談叢〉、〈雜言〉、〈辨物〉、〈修文〉、〈反質〉。首兩篇已經開
宗明義分別題為「君道」與「臣術」，説的是如何為君主，與何
以作為臣下，表明全書內容多與治國相關，目標鮮明。盧文弨
〈新校《説苑》序〉：「此書之言治術略備矣，人主得此亦足以為
治矣。」趙善詒《説苑疏證》云：「《説苑》一書系劉向分類纂
輯先秦至漢初史事和傳説，雜以議論，以闡明儒家的政治思想
和倫理觀點為主旨。」比合而言，可見《説苑》滿載儒家治國之
道，可供人主借鑑。

述而不作

　　劉向是《説苑》的編者，不是作者，「編」與「作」有何分別呢？誠如上引趙善詒所言，本書所載內容大多來自先秦至漢初的史書和傳説，但劉向並非一字不易，而是多附議論，作為己見。以下我們用《説苑·尊賢》為例略加説明。此篇共有三十七章，首句「人君之欲平治天下而垂榮名者，必尊賢而下士」，點出篇題「尊賢」二字。此言君主如欲治理天下且使功名永垂千古，便須尊重賢人，以及謙恭對待士人。此文大多與《呂氏春秋·知度》互見。下表可見《説苑·尊賢》各章與先秦漢初典籍互見情況：

	章節	互見篇章
1	第一章	《呂氏春秋·知度》
2	第二章	《春秋繁露·精華》
3	第四章	《淮南子·説林》
4	第五章	《大戴禮記·保傅》、《韓詩外傳》卷七、《賈誼新書·胎教》、《孔子家語·觀周》
5	第六章	《孔子家語·賢君》
6	第八章	《列子·湯問》、《呂氏春秋·本味》、《韓詩外傳》卷九等
7	第十章	《荀子·哀公》、《韓詩外傳》卷四、《孔子家語·五儀解》等
8	第十一章	《尚書大傳·梓材》、《荀子·堯問》、《韓詩外傳》卷三等
9	第十二章	《韓詩外傳》卷三
10	第十四章	《新序·雜事一》

11	第十五章	《戰國策・齊策四》
12	第十七章	《韓詩外傳》卷七、《戰國策・齊策四》、《新序・雜事二》等
13	第十八章	《孔子家語・賢君》
14	第十九章	《孔子家語・六本》
15	第二十章	《孔子家語・賢君》
16	第二十二章	《新序・雜事一》
17	第二十四章	《呂氏春秋・下賢》
18	第二十五章	《韓詩外傳》卷二、《孔子家語・致思》、《子華子》
19	第三十四章	《淮南子・道應》
20	第三十五章	《國語・晉語九》
21	第三十六章	《孔子家語・賢君》
22	第三十七章	《左傳・宣公十二年》

可見在三十七章裏，其中二十二章皆有互見文獻，此證《説苑》所載大多前有所承，而劉向取之編輯成書。

在每篇篇目以下，《説苑》就特定主題纂輯了數量各異、自先秦至漢初的遺文佚事，第一章或前數章乃一篇之大綱，雜引前人所言以解釋一篇宗旨。例言之，《説苑・尊賢》的首段便引用了《易・益》象辭「自上下下，其道大光」，與《易・屯》象辭「以貴下賤，大得民也」。前者指出在上位者，當謙恭地對待在下位者，如此其前途便當光明遠大。後者則謂以尊貴的身份，謙卑地對待在下位者，便可大得民心，此下便取大量歷史實例加以證明。由此可見，《説苑》一書主題鮮明，篇題便

是主旨，有着後世類書的雛形。且其援引先秦至漢的歷史材料十分豐富，可供讀者資取。

延伸閱讀

1. 向宗魯《説苑校證》
2. 趙善詒《説苑疏證》
3. 徐建委《説苑研究》
4. 左松超《説苑集證》
5. 姚娟《新序説苑文獻研究》

4.1
互相幫助的蟨與蛩蛩巨虛

　　人類是群居動物，有着不同的人際關係，更會互相幫助。兩個人因合作所產生的力量，如果只是一加一，肯定是合作的化學作用並沒有出現。真正的分工合作，必須是兩個人的能量大於二，三個人的能量高於三。合作的意義在於取長補短，發揮彼此的優勢。以下《説苑・復恩》載錄的蟨與蛩蛩巨虛便是這樣的一對組合。

有恩必報

　　《説苑・復恩》記載了二十六個故事，其主題皆與報答別人所施恩典相關，亦即有恩必報。「施德者貴不德，受恩者尚必報」，説的是施恩莫望報，但接受恩惠者理當報答。

　　〈復恩〉引用了一段蟨與蛩蛩巨虛的故事。蟨的前腳如鼠，後腳像兔，非常愛護蛩蛩巨虛。蟨吃了甘草，會用牙齒咬碎餵給蛩蛩巨虛吃；蛩蛩巨虛看了敵人來，必定會背負蟨而逃走。蟨與蛩蛩巨虛真的愛護對方嗎？並不是。蟨要假借蛩蛩巨虛的腳來走路，而蛩蛩巨虛則吃了蟨所餵的甘草。動物之間尚且知道曾經借重對方便當知恩圖報，何況士人、君子裏想要在天下建立功名的人呢！

施恩莫望報，施恩而望報者，施恩動機不在純粹幫助別人，已非施恩的原意。受了恩惠，理當報答，則是事實。報恩，也可以理解為對自己所擁有的一切而感恩，對象可以是一個人，也可以是整個社會，甚至全世界。古代文化特別強調因果報應，種善恩便得善果，反之亦然。報恩也是一種社交方式，今天別人施恩於我，對我甚為關懷，噓寒問暖；有一天，只要能力許可，便當加以回報。或許，有人會以為此乃繁文縟節，互相施報，沒完沒了。其實，報恩也無分大小，不限時刻，只要懷有感恩之心，牢記有人施恩於己，那便足矣！

報恩的對象可以擴而充之，循而至於對世界懷有感恩之心。人生在世，匆匆數十年，能夠有着一段又一段的奇妙旅程，便已足為感恩。大自然孕育一切，我們便應該報答大自然，感謝大自然的恩典。

互相幫助

蟨與蛩蛩巨虛互相幫助，逃離險境。人與人之間應該要如何合作，才可以發揮潛能，達致一加一大於二的果效呢？雙方要做到取長補短，發揮彼此的優勢。蟨不便於行，蛩蛩巨虛則善走，蟨將甘草贈於蛩蛩巨虛，故遇有急事，蛩蛩巨虛便會背負蟨而走。蟨可免死，而蛩蛩巨虛得到食物，各取所需，利用了彼此的長處，補足了彼此的缺點。

《說苑・復恩》援引了蟨與蛩蛩巨虛的故事，目的在於說明君臣關係。臣下應當報答君主的恩德；君主理應論功行賞，

回應臣下的功勞。這裏我們看到了雙向的君臣關係。雖然中國古代有所謂「君要臣死，臣不得不死」的説法，但也有「君使臣以禮，臣事君以忠」（《論語・八佾》3.19）的主張，意思是國君要以禮儀使用臣子，臣子要以忠心侍奉國君，這裏的關係並不完全是由上而下，而是有所互動。

現代社會沒有了君臣關係，但在不同組織裏，上級與下屬之間互相幫助依然存在。此外，在隊際運動裏，取長補短，在合作之中發揮各人的潛能，每多見之。舉例而言，在奧運會 4x100 米的跑步接力賽裏，四位運動員俱為該國最頂尖的短跑選手。要知道，目前（2022 年）男子 100 米短跑的世界紀錄是牙買加運動員保特（Usain Bolt）所保持的 9.572 秒，是他在 2009 年所締造的。如有四位保特的話，4x100 米的世界紀錄將會是 38.288 秒，當然擁有四位保特並不可能。但是，男子 4x100 米世界紀錄是 36.84 秒，由牙買加隊在 2012 年倫敦奧運會所創造，四位隊員分別是卡特爾（Nesta Carter）、佛瑞特（Michael Frater）、布萊克（Yohan Blake）、保特，而如果總和是他們四位在不同時候所創造的個人最佳 100 米成績（分別是 9.78，9.88，9.69，9.572），加起來也不過是 38.922 秒。在田徑賽場上，講求分工合作，第一棒的選手負責起跑和傳棒，第二棒負責接棒和傳棒，第三棒是接棒、跑彎道技術和傳棒，而第四棒負責接棒和最後的衝刺。顯而易見，有的跑手反應特快，有的擅跑彎道，有的擁有最強衝刺，有的是技術最全面。人的才能各異，各司其職，能夠發揮自己，又可激活隊友，然

後便創造了比起 1x4 更好的成績。

雙贏局面

　　蠩與蚑蚑巨虛的關係有點複雜。蠩將所得甘草咬碎然後餵給蚑蚑巨虛，《說苑》認為蠩的本性並非特別愛護蚑蚑巨虛，只是因為蠩走得慢，而蚑蚑巨虛跑得快，所以平日給牠甘草，在遇上危險時蚑蚑巨虛便會背負蠩而走，使蠩可以避過一劫。看來，蠩是利用了蚑蚑巨虛，是合作抑或利用，究竟如何界定？是否應該細分呢？

　　其實，蠩得到了逃生時所需要的速度，蚑蚑巨虛能夠吃上咬碎了的甘草，各取所需，誠為雙贏。如果蠩斤斤計較，覺得自己辛苦得來的甘草不應該分予蚑蚑巨虛，那麼在遇上敵人的時候，蚑蚑巨虛又為何要幫助蠩呢！因此，蠩的願意付出尤其重要，也是自身得以保命的最主要原因。

　　在學校裏，學生很多時候都會做小組報告，四五個同學組成一小組，然後就特定的題目做報告。小組之中往往不乏free-rider。甚麼是free-rider呢？他們在討論小組報告內容、分工時不見蹤影，在報告內容上也交不出甚麼，到真正報告的那一天突然出現，在老師面前亂講一通，坐享其成，以極少的付出而取得跟其他組員相同的分數。

　　Free-rider當然可惡，不過，剩下組員的努力彌補，也肯定是有目共睹的。報告得分是屬於整個小組的，如果剩下來的組員不加倍努力，只會影響到小組的得分，也將所有人的努力付

諸流水。因此，最理想的組員，應該是願意吃虧而不計較，每
人多走一步，務求做好小組報告，達致雙贏局面。

4.2

螳螂捕蟬，黃雀在後

　　成功貴乎能有遠見，可是我們都習慣以眼前所見為目標，貪圖顯見的利益而不顧後患。在利益跟前，要保持頭腦清醒，衡量利益背後所要付出的代價，是否能夠承擔。要做到瞻前顧後並不容易，如能三思而後行，便可減少不必要的損失，並能獲取最多的「毛利」。《說苑・正諫》載有一段臣下向吳王進諫勿伐楚國之事，說的便是這個道理。

三思而後行

　　吳王欲討伐楚國，不想大臣從旁阻撓，揚言誰敢勸諫便處死。少孺子想要進諫而不敢，只得懷着彈丸拿着彈弓，在後花園遊走，衣服也為露水所沾濕。吳王見之，便問少孺子何苦如此。少孺子指出，園中樹上有蟬，在高處唱歌飲露水，卻不知螳螂在自己的後面；螳螂想要捕蟬，卻不知黃雀在自己的旁邊；黃雀想要啄取螳螂，卻不知彈丸在自己的下邊。三者皆着眼於前方的利益，卻不顧身後的隱患。日人關嘉云：「人情世事莫不盡然，不獨此也。」不獨蟬、螳螂、黃雀如此，人間亦復如是。吳王聽了少孺子的這個故事後，深以為然，停止了伐楚之舉。

面對眼前的機會，因其偶然，在未有考慮周詳以前，便已經下了決定。誠然，機會有時候一瞬即逝，可一不可再，但應該從多角度反覆思考，只要將思考的時間壓縮便可。古語有云：「謀定而後動，知止而有得。」意指謀劃準確周到而後行動，知道在適當的時候便收手，如此才能有所收穫。《論語・公冶長》記載季文子「三思而後行」，孔子知之，便説：「再，斯可矣。」大抵季文子為人於禍福利害，計較過細，錢穆《論語新解》認為季文子不必每事三思，再思即可矣。

想兩次也好，三次也好，重點在遇事時當要「謀定而後動」，不要在思慮不周的情況下匆匆作出決定。

利益與禍患

人皆受眼前所見利益蒙蔽，如同「螳螂委身曲附欲取蟬，而不知黃雀在其傍也」，正當螳螂以為可以大快朵頤之時，原來禍患已在身後出現。利益與禍患，很多時候都是結伴而生，趨利避禍，乃是人之常情。究竟利益是否真利益，禍患能否在獲利後仍然可以躲開，便如同天秤量度事情輕重一樣，最為費煞思量。

試想想，螳螂如能加快動作，在黃雀展開行動之前，便已捕捉了蟬，那麼自己能夠果腹，又可遠離禍患，豈不快哉？取得眼前利益，又可保留生命，當然是最完美的結局，但世事往往未能盡如人意。在「螳螂捕蟬，黃雀在後」的故事裏，利益是小的（蟬），禍患是大的（螳螂失去性命）。貪圖小利而招來

大禍，並不化算，故不可從。吳王原想討伐楚國，在聽畢少孺子的「螳螂捕蟬，黃雀在後」故事後，便「罷其兵」，退兵而取消伐楚的決定。此事發生的時代不明，[8]但楚國疆域較廣，吳國在春秋末年曾經爭霸，二者則為事實。就國力而論，楚強而吳弱較為符合一般的情況。忽視國與國的形勢，貿然出兵，必會帶來禍患，故吳王在少孺子的進諫後，便決定罷兵。

在作出重要決定前，我們也要審時度勢，在平衡利益與禍患後，作出合適的選擇。例如耕種的利益有限，人們便將農地都改為發展工商業，這種做法的隱患是甚麼呢？那便是遇上糧荒之時，便只能倚仗他人，損失比起所得的利益更大！

保持頭腦清醒

敵人的實力如何，我的實力如何，必先掌握然後才可以有合適的決定。在少孺子遊說以前，吳王明顯錯判形勢，認為吳當出兵伐楚。但在聽畢「螳螂捕蟬，黃雀在後」的故事後，吳王便清醒過來，明白眼前利益所帶來的隱患。

少孺子的說辭重要嗎？難道吳王真的不明白楚強吳弱的國勢嗎？當然不是。不過，人生總有需要當頭棒喝的時候。誰是

8　螳螂捕蟬，黃雀在後之事，又見《韓詩外傳》卷十，彼文乃是楚莊王欲伐晉，而孫叔敖用螳螂捕蟬之事諫之。《吳越春秋・夫差內傳》所載則為吳國太子友向吳王夫差進諫。向宗魯《說苑校證》云：「〈楚策〉載莊辛諫襄王語，及《莊子・山木篇》莊周游於雕陵之樊節，其取譬與此略同，文縠不備列。」指出《戰國策・楚策》和《莊子・山木》亦有相類之文。

蟬？誰是螳螂？誰是黃雀？相信吳王在聽完少孺子的分析後已經了然於胸。吳王的醒覺在於個人的自省能力，沒有反省，即使說客費盡唇舌，也不會有成功的可能。

在動盪的時候，在媒體發達的年代，保持頭腦清醒尤其重要。資訊愈益發達，但真偽存疑，多人說的也不代表是真相。偏聽肯定是暗，但兼聽也未見得便是明。兼聽而不完全相信任何一種意見，才是生活在這個時代的生存基本法則。看遍了能看到的資訊，沒法看到的也盡量爭取去看，然後交由大腦處理，保持清醒，才能產生出帶有自我特色的己見。

以退為進的說話技巧

吳王起初已封進諫之門，說：「敢有諫者死。」有意進諫的人，基本條件當然是保留着一直可以進諫的機會，死了便都沒有了。因此，少孺子本欲進諫，但「欲諫不敢」，接下來才有在後園遊弋，露水沾衣，而吳王問之之事。

吳王聽了「螳螂捕蟬」的故事便醒覺了，其實少孺子隻字沒有提及吳不應該伐楚，畢竟直言其事，吳王未必採納，且吳王早已表明「敢有諫者死」，又怎能自打嘴巴呢！少孺子本不欲言，卻在吳王的邀請下說出一個故事，總結的一句是：「此三者，皆務欲得其前利，而不顧其後之有患也。」到了對話的末段，少孺子仍然沒有表明楚不可伐，但從吳王最後的罷兵觀之，少孺子以退為進的進諫策略，已經取得了終極的成功。

把握時機，在別人邀請之際說出了自己的心聲。了解遊說

的對象，因勢利導，用比喻表明了自己的立場。少孺子在這裏
給我們上了寶貴的一堂說話課，更表明了說話便是一門藝術。

4.3

耳聞不如目見的魏文侯

　　眼睛所看見的，是否較諸耳朵所聽到的更為可信？這只有相對而無絕對。事實上，即使眼睛看見了，仍然有造假的可能，眼見也未必可信。在上位者制訂民生政策之時，因距離民眾遙遠，故多為「離地」政策。《說苑·政理》載錄了魏文侯命令西門豹治理鄴城前的一段話，可為古今在上位者參考。

治鄴前的準備

　　魏文侯派遣西門豹治理鄴城，期望能夠做到完全成功、成名、施展道義。西門豹問魏文侯如何可以做到。魏文侯指出，到達鄴城後，先要多去親近當地的賢豪，效法那裏雄辯博識的人。要弄清楚那些喜歡揭露別人缺點、隱蔽別人優點的人，不可以只據聽來的去做。耳朵聽到的，不如眼睛看到的，眼睛看到的，還不如親自去實踐，親自去實踐，還不如用手去分辨。魏文侯認為每個人剛開始做官的時候，就好像走進了晦暗的房子裏，甚麼也看不見，時間久了才愈發明亮，明亮後才可以治理，這樣的治理才行得通。

　　魏文侯的建議很有道理，並要求西門豹赴鄴城後要注意不同類型的人，包括「賢豪」、「辯博」，以及「好揚人之惡，蔽

人之善者」等三種人。徵求意見，必須要胸懷寬廣，能夠容納不同的看法。如無容人之量，在發現異見之後便心生不滿，那麼只不過是假諮詢。鄴城如何治理，三種人自然會有不同的看法，此因三者皆從自己的角度出之，每人所關注的必然是對自己有利的事情。例言之，有關大型土地改劃研究及公眾諮詢一般需要兩三年，過程漫長，因不同的持份者意見並不一致。有人旨在保護土地原來用途，有人想改變土地用途，有人想在原有土地的基礎上發展，總之是不同的持份者，意見紛陳。如果能夠認真地做好民意諮詢，廣泛收集不同意見，到了土地真要發展之時，便可省卻中途因不符民意而要停工的狀況。治理鄴城，先照顧民意，魏文侯所言甚是。

兼聽則明，偏信則暗

在管治者身邊的，每多是意見相類的人，或者只是阿諛服從管治者的看法。如此團隊，施政理念當然相近，但只是人云亦云，沒有靈魂，斷然不能取得甚麼成就。團隊裏需要不同意見的人，這樣才可以在彼此討論的時候激出火花，推進團隊的發展與進步。

賢豪是賢士豪傑，辯博是知識廣博的人；「揚人之惡」與「蔽人之善」的，意即揭露別人的缺點，同時也掩蓋了別人的好處，大抵為小人與蔽賢者。為甚麼要聽取這三種人的意見呢？賢士豪傑、知識廣博的人，要加認識，毋庸置疑。可是，小人與蔽賢者又何以要多接近呢？這是因為一切皆要「因而察

之，不可以特聞從事」。是否小人與蔽賢，如果只是道聽塗説
回來，也未必可信，任何人的意見都可以先聽一遍，兼聽而後
作決定。

治國之時，如不能打開心扉，聆聽不同的意見，便很容易
流於偏信。偏信指的是只相信某一方面的意見，要知道，相同
意見並不可以激盪在上位者對事情的反思，不可作諍諫之用。
因此，偏信只會導致國家覆亡，在現代社會裏則使企業倒閉，
有害而無利！漢代王符《潛夫論・明闇》：「君之所以明者，
兼聽也；其所以暗者，偏信也。」宋代司馬光《資治通鑑・唐
紀八・太宗貞觀二年》：「上問魏徵曰：『人主何為而明，何為
而暗？』對曰：『兼聽則明，偏信則暗。』」二人所言同是「兼
聽則明，偏信則暗」的道理。

五官並用的最高境界

常言道：「五官端正。」據唐代楊倞的説法，五官乃是耳、
目、鼻、口、心（《荀子・正名》注）。不同的感官，可以引領
我們對世界的探索。用耳朵聆聽，張眼細看，以嗅覺索之，開
口品嘗，此等觸覺，大致瞭然。唯獨心領神會，最為困難。

魏文侯指出，「夫耳聞之不如目見之，目見之不如足踐
之，足踐之不如手辨之；人始入官，如入晦室，久而愈明，明
乃治，治乃行。」耳朵、眼睛、雙足、雙手，即眼耳四肢，魏
文侯希望西門豹治理鄴城之時，能夠多感官並用，而非只用耳
朵道聽塗説。西門豹剛赴任鄴城，就像走進昏暗的房間裏，如

能多感官並用，深入了解鄴城的賢豪辯博等，時間長了便會看得愈來愈清楚。心明眼亮，即可好好治理鄴城。

耳聞不如目見，意即我們不要道聽塗說，而是要親眼得見，始可相信。舉例來說，自新冠肺炎疫情爆發以來，網上時有不少未經證實的消息，瘋狂流傳，導致人心惶惶，搶購日用品。即使物資供應如何穩定，人們總是喜歡耳朵聽回來的說法。其實，如能多找資料，親眼驗證，伺機而動，便不用理會網上世界無窮無盡的假消息。

制訂合適的政策

西門豹到達鄴城後，如能按照魏文侯的計劃，走訪當地不同的持份者，調查不同界別的關注點，從而制訂合適的政策，必可令鄴城長治久安。

各地政府推出不同的政策，理論上，各地實況相異，政策亦必不同。如在上位者只是閉門造車，制訂沒有民意基礎的政策，在推行不久後，便會發現如此政策大多「離地」，不切實際。在學校裏，不少委員會都需要學生代表，代表廣大的同學發聲。畢竟學校裏是學生多於教職員的，師生共治，從不同的角度給予意見，方使學校能有良好的發展。

政府施政亦然。具有民意代表、能夠聆聽人民聲音的政府，其施政方能針對人民所需，真正做到「想市民所想，急市民所急」。在重要決策以前，充分諮詢並吸取市民的意見，制訂合乎老百姓福祉的政策。這樣，如同孟子所說，「民歸之，

由水之就下，沛然誰能禦之」，人民便都歸附順從，像水向下奔流般，其勢無人可擋！

博採眾長的周成王

才智過人，當然罕見。不過，自感聰明的人很多，但真正的聰明人並非只有個人智慧，而是能夠善用集體智慧，結合眾人之長。殷商末年，紂王「資辨捷疾，聞見甚敏」（《史記・殷本紀》），但紂王的缺點乃是不接受別人意見，最後只有亡國一途。周得天下，武王早逝，成王幼年繼位，但他能夠重視集體智慧，成就了著名的「成康之治」。《說苑・君道》記載了周成王博採眾長的故事。

以身作則

周成王是周武王的兒子，而周公旦是武王之弟，伯禽則是周公旦的兒子，周成王與伯禽乃堂兄弟的關係。當時，周成王為天子，封伯禽到魯地為諸侯，是為魯公。成王召喚伯禽，告誡他為人主之道。

周成王認為凡是身居高位的人，一定要更加恭敬地對待下屬，聽從有德之人的正言勸諫，必須打開不加避諱的大門，謙讓克己，安恬寧靜，使在下位者在行事之時有所憑藉。在上位者更要廣開言路，博採眾說。人主須文治武功兼具，威信與德政才可得建立。如此，臣民便會多所親近且能服從。「清白上

通，巧佞下塞，諫者得進，忠信乃畜」，説的是正派高尚者則可升遷，奸人則當貶逐在下。如此，勸諫君上的人能得舉薦，忠直誠信者便會聚集在身邊。

成王認為在上位者乃是眾人的榜樣，只有以身作則，才可使臣下順服。晉人楊泉《物理論》：「上不正，下參差。」俗語有云，「上樑不正下樑歪」，説的便是這個意思。在家裏，父母是子女的榜樣；在學校裏，老師是學生的榜樣；在公司裏，上級便是下屬的榜樣。父母、老師、上級起着示範作用，子女、學生、下屬自必加以模仿。例言之，父母不想小孩子整天沉迷在網絡世界裏，但自己卻終日手機不離手，起不了楷模的作用，小孩肯定是難以服從的。

虛懷納諫

成功的管治者必然是能夠匯聚眾人的長處，擁有集體的智慧。周成王指出，「諫者勿振以威，毋格其言，博采其辭，乃擇可觀」，意即對於進諫的人，不要用威勢震懾他們，也不要拒絕他們的進言，應廣泛地吸收他們的意見，然後從中選擇值得的加以採納。

成王年幼即位，在位初期，主要由周公旦攝政。周公是成王的叔叔，協助成王平定了三監之亂，並實行封建制度，從而將周室管轄範圍擴充至東方商朝人的統治舊地。成王對周公言聽計從，也就是虛懷納諫的表現。

所謂「進諫」，便是在下位者對在上位者的忠告，目的在

於使在上位改過遷善。可是，如何能使在下位者暢所欲言，而不擔心被在上位者秋後算帳，那便是在上位者的責任了。大臣進諫的目的，乃是希望改善施政；而君主所以希望臣下進諫，乃欲國家長治久安。二者目標實為一致。君主必須展現其虛懷納諫的一面，才可使臣下安心進言，否則只會演變為阿諛奉承。

要虛懷並不容易，擇取可觀的意見加以採用也十分重要。收集民意，乃是民主社會為確保施政順暢的關鍵。但意見眾多，雖欲博採，如果缺少了篩選的程序，也難有成效。這時候，虛懷便是第一等的重點。試想想，推行政策的人，看到民意紛陳，有的支持施政，有的表示異見，如果施政者沒有打開心胸，而只採納支持自己的意見，那麼意見收集也只是虛應故事，毫無作用。能夠胸襟寬大而謙讓，以此對待不同的意見，海納百川，氣吞河山，事情的成功自必指日可待。

看到別人的好處

每個人都有他的優點，也有缺點。人難以完美，要找完美的人幫助自己，實在是難上加難。因此，在審視人才之時，如能集合眾人的長處，那便可以迸發出非常強大的力量。《論語・泰伯》嘗提及「舜有臣五人而天下治」，而周武王則有「亂臣十人」（8.20）。據漢代孔安國的注釋，舜的五位大臣分別是禹、稷、契、皋陶、伯益；至於輔佐周武王得天下的十人，馬融認為包括周公旦、召公奭、太公望、畢公、榮公、太顛、閎

夭、散宜生、南宮适，以及文母（即文王之后，武王之母）。
這些人當然是各有才能，各有優點，而帝舜、周武王能合眾人
之力，故能妥善管治天下。

　　秦亡以後，楚漢相爭，最後劉成項敗，劉邦擊敗項羽而
得天下。如前文分析淮陰侯韓信時所見，漢初三傑（張良、韓
信、蕭何）各有才能，但皆甘心臣服於劉邦，原因乃是劉邦能
夠看出三人的好處。《史記‧高祖本紀》載錄了劉邦一段至理
名言：「夫運籌策帷帳之中，決勝於千里之外，吾不如子房。
鎮國家，撫百姓，給餽饟，不絕糧道，吾不如蕭何。連百萬之
軍，戰必勝，攻必取，吾不如韓信。此三者，皆人傑也，吾能
用之，此吾所以取天下也。」如果說運籌帷幄之中，決勝於千
里之外，劉邦自感比不上張良；鎮守國家，安撫百姓，供給糧
餉，保證運糧道路不被阻斷，劉邦也自感比不上蕭何；統率百
萬大軍，戰則必勝，攻則必取，劉邦也自感比不上韓信。三人
乃人中豪傑，劉邦皆能重用，便是得天下的因由。

　　要看到別人的缺點，十分容易，問題在於我們究竟希望不
要做錯事，還是希望將事情做得更好。前者需要我們挑剔別人
的缺點，後者則需要我們發掘別人的優點。而且，愈是高層的
人，愈是善於發現別人的優點，然後加以重用。顯而易見，大
型企業的高層，肯定是擅長發掘人才的，如此才可將業務發揚
光大。在學校裏，老師也應該發掘學生的潛能，也就是看到學
生的好處。要相信每個人都是一顆璀璨的星星，如何使他發亮
發光，便是學校的責任所在。

4.5

明鏡照形與往古知今

歷史有甚麼作用？上課時候學習歷史，固然是為了考試，但歷史故事背後所帶來的，每多是深刻的教訓。前人的成與敗，都是今人借鑑的對象，我們可以仿效古人的成功，更應該對前人的失敗引以為戒。《說苑‧尊賢》的一段文字，便歷數了古人的成敗得失。

明鏡的比喻

唐太宗李世民是中國古代的明君，開貞觀之治的盛世。魏徵乃貞觀朝的賢臣，在魏徵死後，唐太宗曾說：「夫以銅為鏡，可以正衣冠；以古為鏡，可以知興替；以人為鏡，可以明得失。朕常保此三鏡，以防己過。今魏徵殂逝，遂亡一鏡矣！」（《舊唐書‧魏徵傳》）人有三塊鏡，用銅來作鏡，可以整理衣冠；用歷史來作鏡，可以遍觀朝代的興替；用人來作鏡，可以使自己明白行事的正誤。奈何魏徵已死，唐太宗慨嘆三鏡亡其一。這裏唐太宗使用了明鏡的比喻。

《說苑‧尊賢》同樣用了明鏡的比喻：「明鏡所以照形也，往古所以知今也，夫知惡往古之所以危亡，而不務襲跡於其所以安昌，則未有異乎卻走而求逮前人也。」指出明鏡可以反映

出一個人的形象，過去的事情可以幫助了解現在。知道厭棄
往古君主危亡的因由，卻不努力汲取前人使國家安定昌盛的經
驗，如此則與向後跑而想要趕上前面的人沒有分別。

歷史就擺在今人的面前，成功與失敗早已蓋棺定論。可
是，世界各地的政壇領袖，讓我們看到的卻多是事不師古，結
果導致施政上一次又一次的失敗。當然，失敗並不可怕，失敗
乃成功之母，如能從失敗裏汲取經驗，也許仍然會出現成功的
一日。美國的兩位航空先驅，萊特兄弟（奧維爾萊特（Orville
Wright）和威爾伯萊特（Wilbur Wright））便在「飛行者一號」
出現以後，經歷了無數次的失敗，但最後取得了創造歷史的成
功，對人類航空事業作出了重大的貢獻。

放在個人層面也有類似的體驗。每次準備測驗考試的時
候，有沒有充分以過去的測驗考試為鏡呢？如果曾有考核成績
特佳的一次，便要想想這一次的備試經驗；如果有一次差劣的
成績，又可以回想犯了甚麼毛病呢？將成功與失敗的經驗加以
總結，便是這次考試在準備過程裏的“Dos and Don'ts”。

同是君王又如何？

雖然同是帝王，可是身旁重用的人不同，帝王的下場也大
相徑庭。《説苑・尊賢》指出，「國無賢佐俊士，而能以成功立
名、安危繼絕者，未嘗有也」，「國不務大，而務得民心，佐不
務多，而務得賢俊」。國家沒有賢能的臣佐和優秀的人才，而
要使事業成功樹立美名，安定危難延續亡國的，從來沒有出現

過。因此，國家不追求大，但務求得民心；臣下不要求多，但要求得賢才。文中舉了不少例子，例如魏安釐王之時，因有魏公子信陵君之助，得以討回失去的國土。又，趙惠文王之時，任用藺相如，使秦國不敢侵略趙國。反之，晉厲公重用匠麗，終為欒書、中行偃捕殺。又，秦二世聽從趙高，最後遭趙高劫殺於望夷宮。《說苑》認為「其所以君王者同，而功迹不等者，所任異也」。所任非宜，使同為帝王的這些人，下場迥異，由此可見重用賢人的重要性。

重用賢人，國祚昌盛；任用小人，國破家亡。這是何等淺顯的道理。可是，歷史依然不斷重複，不讀歷史，沒有深刻的認識，實為主因。賢德友人看見不當的行為，便會指責，意見如不被接納，友情便可能會受損。酒肉朋友只會阿諛奉承，處處迴護，與其相處自必稱心如意，友誼永固。自古以來，許多的忠言逆耳，至今亦然。近年來，出現了一些社交通訊程式的「誇誇群」群組，這是甚麼呢？就是在一個群組裏，群友互相誇讚，讓大家都能滿足了自尊心。既然謂之「誇誇群」，這些讚美都是虛偽而並非事實，但此等群組的存在便是阿諛奉承永遠流行的鐵證。

見微知著

雖是一件小事，也不能輕易放過；一件小事，也可以看出每個人的處事態度。《說苑・尊賢》記載「太公知之，故舉微子之後，而封比干之墓。夫聖人之於死，尚如是其厚也，況當世

而生存者乎？則其弗失可識矣」，此言殷末周初之時，姜太公明白鑑古知今的道理，因此推舉微子的後人立國，並為比干的墳墓加土。聖人對於死去的賢人還如此厚待，更何況是當世活着的賢人呢。這樣，不能失去賢人的道理便可知曉了。

　　觀察姜太公如何對待死者，便可知周代初年必定善待賢德的生者。看似是一件小事，但給生活在周初的殷遺民看見了，便知周乃重視賢人的新時代，定必全心效命。殷代末年，紂王荒淫無度，肆意殺戮，但當時「殷有三仁」，即有三位賢人，分別是微子、箕子、比干。此中微子是紂王庶兄，箕子、比干為紂王叔父。三人多次勸諫紂王，均不被接納，最後微子離去，箕子被貶為奴隸，比干遭到殺害。周武王伐紂滅殷後，微子乃手持自己的祭器來到周師軍門，露出右臂，兩手綁在背後，左邊讓人牽着羊，右邊讓人拿着茅，跪在地上前行以示投降。於是，武王就釋放了微子，恢復了他原來的爵位。事見《史記・宋微子世家》。在周公旦平定三監之亂（管叔、蔡叔、霍叔）後，周成王乃「命微子開代殷後，奉其先祀」。這便是周代「舉微子之後」的政策。微子本來就仁義賢能，代替武庚管治故殷之地後，百姓歡欣擁戴。

　　至於比干，紂王殺之，更「剖視其心」（《史記・宋微子世家》），殘暴至極；在周得天下後，武王「命閎夭封比干之墓」（《史記・周本紀》）。所謂「封」，意即在原有的墳上加土，表示禮敬死者。微子啟、王子比干皆是亡殷之人，暴君紂王的親戚，但周皆能善待之。此等舉動，當然是籠絡民心，然而可得

故殷之民，甚至是本為異見者，皆能為周效命，其效益甚大。

　　在死人墳上加土，看似小事，原來有着非凡的意義。工作的時候，作為上級，在與下屬交談之時，應該常說「我們」，而非「你」或「我」，此舉可令員工感到自己受到公司的重視，乃是公司裏重要的一分子。曾經認識一位高級的資深老師，在甲學校任教多時，然後轉到乙校任教，說話永遠是「我們甲校」，跟「你們乙校」，讓乙校的人感到無比疏離。因此，事無分大小，見微而可知著。

第五章

《列女傳》

棄母姜嫄者，邰侯之女也。當堯之時，行見巨人跡，好而履之，歸而有娠，浸以益大，心怪惡之，卜筮禋祀，以求無子。終生子，以為不祥而棄之隘巷，牛羊避而不踐。乃送之平林之中，後伐平林者咸薦之覆之。乃取置寒冰之上，飛鳥傴翼之。姜嫄以為異，乃收以歸，因命曰棄。姜嫄之性，清靜專一，好種稼穡，及棄長，而教之種樹桑麻。棄之性明而仁，能育其教，卒致其名。

堯使棄居稷官，更國邰地，遂封棄於邰，號曰后稷。及堯崩，舜即位，乃命之曰：「棄，黎民阻飢，汝后稷播時百穀。」其後世世居稷，至周文武而興為天子。君子謂姜嫄靜而有化。《詩》云：「赫赫姜嫄，其德不回，上帝是依。」又曰：「思文后稷，克配彼天。立我蒸民。」此之謂也。

頌曰：棄母姜嫄，清靜專一，履跡而孕，懼棄於野，鳥獸覆翼，乃後收恤，卒為帝佐，母道既畢。

《列女傳》，西漢劉向所編，今以八卷本最常見。此書將古代女子分為七大類，分別是母儀（17）、賢明（15）、仁智（15）、貞順（16）、節義（16）、辯通（15）、孽嬖（16），合共記載了 110 位古代女子的故事。[9] 據《漢書・劉向傳》所載，《列女傳》之書「採取《詩》《書》所載賢妃貞婦，興國顯家可法則，及孽嬖亂亡者，序次為《列女傳》，凡八篇，以戒天子」，其目的在於以女子之事勸戒天子。

「傳」、「頌」、「圖」

班固《漢書・藝文志》載有劉向所序六十七篇，自注：「《新序》、《說苑》、《世說》、《列女傳頌圖》也。」從這裏可見《列女傳》包括了三個部分，即「傳」、「頌」、「圖」。第一部分是「傳」文，乃是敍述傳主生平大事的文字。第二部分是「頌」曰，則是每篇之末的一段文字，就內容而言似乎有概述列女故事的作用。四字一句，每篇八句。今所見《列女傳》前七卷每篇皆有「頌曰」，至第八卷「續傳」則無「頌曰」之文。第三部分是「圖」，「列女圖」乃圖畫傳頌所載女性之畫像。根據劉向《七略別錄》所言，「列女圖」曾經「畫之於屏風四堵」，可見列女圖能夠繪畫在四塊屏風之上。

9　八卷本《列女傳》最為常見，前七卷正是上文所言七大類，第八卷是「續傳」，與前七卷相異之處在於沒有「頌曰」部分。

《列女傳》是一部圖文並茂的古書,傳文最為詳審,傳主的生平事蹟記載悉備,仔細閱讀,自是最為適合。「頌曰」之文,言簡意賅,具有一定的總括性,與傳文有着文體上的差異與區別。《文心雕龍・頌讚》云:「頌惟典雅,辭必清鑠;敷寫似賦,而不入華侈之區;敬慎如銘,而異乎規戒之域。」可見頌的寫作追求雅正美好,文辭清澄而有光彩,描寫像賦,但不進入華艷浮誇的範圍;莊重謹慎像銘文,但不同於規勸警誡的含意。《列女傳》的「頌曰」,正是有着這樣的特點。列女圖古已有之,但我們今天所得見者,必屬後出。劉向所言畫在屏風上者,或為第一代列女圖,而今所見列女圖,最早不過宋本,其畫風更有明人之跡,可視之為後人對傳文和頌曰的一種詮釋。總之,傳、頌、圖三者之關係,有文體之別,有圖文之分,引人入勝。

興國顯家的古代女子

《列女傳》將古代女子分成七大類別,其中前六種俱屬值得仿效的楷模,包括母儀、賢明、仁智、貞順、節義、辯通等。此等女子,佔據了《列女傳》七分之六的篇幅,內裏有不少膾炙人口的故事。舉例而言,在《列女傳・母儀傳》故事裏,所載女子皆是古代偉大的母親,其養育之恩,教誨之心,終使後嗣成為一代聖王賢君。唯一例外的是《有虞二妃》故事,雖然歷述了娥皇、女英之懿行,卻無述二人如何教育子嗣,似與「母儀」的主題稍有偏離。至於在《棄母姜嫄》的故事裏,可以

看到姜嫄如何教導棄種植桑麻:「姜嫄之性,清靜專一,好種
稼穡。及棄長,而教之種樹桑麻。棄之性明而仁,能育其教,
卒致其名。」這裏指出,姜嫄的性情清靜專一,喜歡種植和收
穫莊稼。棄長大後,姜嫄便教他種植桑麻。棄聰明仁惠,對母
親的教導能融會貫通,終於成為了名人。

又如在《列女傳·仁智傳》裏,記載了十五位聰明仁智、
能夠預識難易、進而避危趨安的古代女子。例如在《趙將括母》
的故事裏,趙括是趙奢的兒子,可是卻不懂打仗,只會紙上談
兵。趙孝成王抗秦,任趙括為將軍,趙括母親上書以為不可。
然而,趙王不聽括母勸告,堅決命令趙括率兵應戰。括母因
曰:「王終遣之,即有不稱,妾得無隨乎?」意即趙王如果一意
孤行,遣趙括作戰,即有不稱職的地方,自己應當不受牽連。
趙王答應。結果,趙括領兵作戰,在三十多天後便被秦軍打
敗,趙括戰死,全軍覆沒。趙括母親因有言在先,所以沒有被
趙王誅殺。《列女傳》引君子之言,指出趙括母親乃是非常仁智
之人。

導致亂亡的孽嬖

劉向編纂《列女傳》的目的,在於勸戒天子,前六個主題
歷述古代好女,最後一篇述及「孽嬖亂亡」,勸諫意味尤其深
遠。《列女傳·孽嬖傳》記載了十六位背節棄義、指是為非、
導致國破家亡的古代女性。寫夏桀之末喜,認為其人容貌非常
漂亮,卻是少有仁德,暴虐無道。寫殷紂之妲己,則記紂王完

全唯婦人之言是用，不辨是非，酒池肉林，荒淫無道。寫周幽王之褒姒，言幽王為了博得褒姒一笑，不惜烽火以戲諸侯，且在朝廷之上，殺掉忠心勸諫的大臣，一意順從褒姒，朝野上下互相蒙騙，百姓上下皆離心離德，最後導致周室衰落，地位只能等同諸侯。

《論語・里仁》引孔子説：「見賢思齊焉，見不賢而內自省也。」看見賢人，我們應該要跟他看齊；看見不賢的人，便應該自己反省，看看自己有沒有與他類似的毛病。《列女傳》安排孽嬖置於全書之末，其用意明晰，昭然若揭。司馬遷《史記・外戚世家》説：「夏之興也以塗山，而桀之放也以末喜。殷之興也以有娀，紂之殺也嬖妲己。周之興也以姜原及大任，而幽王之禽也淫於褒姒。」指出國家興亡，都與女子相關；女子有好有壞，好與壞不在性別，而在個人行為；《列女傳》的編纂深意，其實亦在於此。今天，我們閱讀此書，應該學習其中嘉言懿行，摒棄內裏有損仁德之舉，才算是明白了此書在現代社會裏的真正價值。

延伸閱讀

1. 王照圓《列女傳補注》(虞思徵校點本)
2. 張濤《列女傳譯注》
3. 張敬《列女傳今注今譯》
4. 劉潔《列女傳的史源學考察》
5. 潘銘基《文字與圖像之間：列女傳》專欄(台灣《國文天地》雜誌連載)

5.1

斷機教子的孟母

　　做事要有恆心，不應該半途而廢，能夠成功的人，意志堅定，下定決心要將事情做好。孟母是戰國鄒人孟軻的母親，姓名無考。孟母與孟子的故事，膾炙人口，童蒙讀物《三字經》裏「昔孟母，擇鄰處；子不學，斷機杼」，說的便是孟母三遷和斷機教子的事情。以下讓我們看看《列女傳・母儀傳・鄒孟軻母》的記載。

做事貴乎堅持

　　能夠堅持去做一件事，只要是具有正面價值的，便是好事。《列女傳・母儀傳》乃是古代好媽媽的記載，孟母的故事便在其中。一天，孟子放學回家，母親正在紡織，便問孟子學習情況如何。孟子的回答十分簡單，只說了三個字：「自若也。」意思是還是差不多的樣子。這個答案顯得模稜兩可，學習的內容理應日有所進，不可能每天差不多。答出了如此的答案，代表孟子在學習時不很認真。因此，孟母生氣了，拿過織刀，將織機上的線割斷了。看到如斯情景，孟子也害怕起來，向母親問明原因。孟母指出，廢棄學業，就像自己將織線割斷一樣。做事半途而廢，終歸不會成功。

做事時如能持之以恆,耐心完成,即使未知事情完成的情況如何,但也可算是問心無愧,克盡己力。例言之,在運動場上,要完成無數的訓練便是一種堅持。世界級的運動員,我們可以在賽場上看到他們在比賽裏的英姿煥發,但這不過是表面的光景,背後乃是刻苦而重複的訓練。放棄容易,堅持很難。沒有堅持,幾乎不可能看到成功。而且,「成功」不必只有在比賽裏奪得獎項,運動員最大的敵人永遠是自己。因此,最大的挑戰,便是嘗試突破個人的最佳成績。「要贏人,先要贏自己!」便是這個道理。

半途而廢,將來要重拾舊學,更為困難。學習有不同的步驟,循序漸進,持之以恆,最易有所成。斷斷續續,成效存疑,也只是浪費光陰。孔子便特別強調為學要及時,《論語‧子罕》引孔子說:「後生可畏,焉知來者之不如今也?四十、五十而無聞焉,斯亦不足畏也已。」(9.23)孔子認為年輕人是可怕的,怎麼能斷定他們將來趕不上現在的人呢?但是,如果到了四十、五十歲仍然默默無聞的話,也就不值得懼怕了。年少時應當努力,因此時最具吸取知識的能力,中道而廢,浪費時間,也枉費了年輕時獨有的潛能。

問則廣知

孟母教誨孟子,除了不要中途而廢以外,更指出:「君子學以立名,問則廣知,是以居則安寧,動則遠害。今而廢之,是不免於廝役,而無以離於禍患也。」君子通過學習才能立身

揚名，通過發問才能增進知識，所以君子坐則安心寧靜，動則遠避禍害。如今孟子廢棄學業，將來難免成為了提供勞役供人使喚的下等人，更難以逃避禍患。

孟母在此特別點明在學習過程裏發問的重要性。古今中外的偉人，無不熱衷於發問，發問可以令我們對不同的事物有更深入的認識。《論語‧八佾》記載了孔子進入周公廟時，每件事情都發問。有人說，不是說孔子懂禮嗎？何以到了魯國太廟時，甚麼事情孔子也要向別人請教。孔子聽了別人的意見後，表示到了太廟而每事發問，正是有禮的表現（3.15）。在《新約聖經》的《路加福音》第二章 41-51 節，記載了少年耶穌在耶路撒冷聖殿的一段經歷。當時，耶穌與父母失散了，三天後父母才在聖殿裏找到耶穌。耶穌正坐在猶太教師們中間，邊聽邊問，所有聽見他的人都驚奇他的聰明和對答。孔子、耶穌皆喜歡提問，這也就是學習的關鍵。

發問可以增進知識，為甚麼呢？依靠書本裏的知識、老師的講解，我們可以進入學習之門，但終究只是步踵他人。發問不是胡亂地提問，而是在若干知識的基礎上，尋根究底，引伸出自己的意見。在香港，不同階段的學習機構裏，包括幼稚園、小學、中學、大學等，一般情況下是提問的動力漸次而小。年紀大了，愈不願意發問。小朋友天真爛漫，在他的世界裏充滿着未知，因而最愛發問。長大以後，課堂時間有限，課程內容緊迫，老師都不願意將時間花在學生的提問上。而且，學習差異的出現，也使學生漸漸不喜歡發問，生怕問了不該問

的問題，而引致友儕之間訕笑。就這樣，因提問的激盪而達致的知識提升，便跟我們漸行漸遠。

分工合作

一個人的力量有限，人類社會的成功全仗不同程度的分工合作。孟母指出，如果學習時中途而廢，「女則廢其所食，男則墮於脩德，不為竊盜，則為虜役矣」，意即婦女荒廢衣食，男子怠惰於修習德業，將來不是當盜賊，就是做苦工勞役了。在《列女傳》的時代，男女各有分工，女子負責照顧衣食，男子則要進德修業。在今天來看，如此分工當然不合時宜，但同時也說明了分工合作的社會特點。無論男女，只要是家庭的一員，便應肩負起不同的責任，共同締造美好的家庭。

社會上需要不同崗位的成員分工合作，才能有美好的發展。蜜蜂、螞蟻皆為分工合作的典範。在一群蜜蜂裏，會有蜂后、雄蜂、工蜂，工蜂裏又細分為幼年蜂、青年蜂、壯年蜂、老年蜂等。蜂后是整個蜂群裏唯一生殖器發育完全的雌蜂，乃全蜂群裏最優良健壯的，只有一隻。雄蜂無工作本領，專職與蜂后交配。工蜂亦為雌性，但生殖器發育不完全，數量佔蜂群裏的絕大多數，按其生長發育可分為幼年蜂、青年蜂、壯年蜂、老年蜂。其中幼年蜂負責保溫、煽風、清理巢房、調製蜜粉、飼餵幼蟲並進行認巢飛翔。青年蜂負責飼餵小幼蟲、清理蜂巢、拖棄死蜂或殘屑、加固花粉、釀蜜、築造蜂巢、用蜂膠填補孔隙、守衛蜂巢等。壯年蜂負責採集花蜜、花粉、樹膠、

水等。老年蜂負責搜尋蜜源、採水等工作。蜂群的分工合作，可見一斑。

　　一個人的能力有限，團結才是力量，分工合作也就是合眾人之力的做法，如此可以迸發出更為強大的能力，也就是人類社會持續發展的原動力。

5.2

不取不義之財的田稷母

　　精神生活十分重要，但人總是要有一定的物質生活基礎，才能支撐起對精神生活的追求。財富是不可避免而且必須的東西，不過，合義之財可以獲得，而不義之財不可追求。戰國時期，齊相田稷的母親便教導兒子應當如何面對財富，詳見《列女傳・母儀傳・齊田稷母》。

不義之財不可貪

　　田稷為齊國相國，曾經接受了下屬官吏賄賂的百鎰金子，並將金子送予母親。知子莫若母，母親認為事有蹊蹺，便問：「子為相三年矣，祿未嘗多若此也，豈脩士大夫之費哉！安所得此？」兒子為齊相三年，俸祿從未如此多，恐怕是從其他士大夫處所得來，田稷母親對百鎰金子的來源深表懷疑。田稷承認金子來自下屬，母親指出讀書人應當修身潔行，不要不該得的，充分表露真情實感，不欺詐虛偽。「非義之事，不計於心。非理之利，不入於家」，不義的事，不放在心上；不合理的利益，不拿回家。《列女傳》評價田稷母，認為其人「廉潔正直，責子受金」，可知田稷母認為不義之財必不可貪。

　　義是合宜之意。不義之財，便是不合宜的財富。在《論

語‧述而》裏,孔子曾經這樣說過:「飯疏食飲水,曲肱而枕之,樂亦在其中矣。不義而富且貴,於我如浮雲。」(7.16)吃粗糧,喝冷水,彎着胳膊做枕頭,樂趣也在於其中。做不正當的事而得來的富貴,孔子視之為浮雲一樣。孔子又說:「富而可求也,雖執鞭之士,吾亦為之。如不可求,從吾所好。」(7.12)財富如果是可以追求的話,就是做市場的守門卒,孔子也願意去做。財富如不可求,那便跟隨着自己的喜好罷了。

田稷的財富來自賄賂,當然是不義之財了,母親自不同意,認為「不義之財,非吾有也」。不義之財不一定是「偷」回來的,然其性質或與「偷」沒有分別。例言之,霸佔了公共財產,獨佔了原屬公共空間的地方來擺放私人物品。又如,因賭博而得到的財富,因非法經營生意而所得的利潤,皆是不義之財。追求不義之財有損人格,我們自不可求之。

在家能孝,在國能忠

田稷母親跟兒子說:「夫為人臣而事其君,猶為人子而事其父也。盡力竭能,忠信不欺,務在效忠,必死奉命,廉潔公正,故遂而無患。今子反是,遠忠矣。夫為人臣不忠,是為人子不孝也。」為人臣者理當侍奉國君,就像兒子侍奉父親一樣,皆應竭盡所能,忠誠守信而不欺詐,絕對效忠,執行命令時不惜生命,為政廉潔,辦事公正。行事如此,方能通達而無禍患。遺憾的是,田稷並沒有這樣做,與忠的要求背道而馳。為人臣下而行為不忠,情況如同為人子而不孝。

　　田稷母親説出了家國同構的重要觀念，「為人臣不忠，是為人子不孝也」，為甚麼不是忠臣，便不可以是孝子呢？或許這樣説更為明白，孝與忠有甚麼關係？説實在，皇帝不會關心百姓是否孝子，但如果一個人在家裏能夠孝順父母，代表他是順從於父權社會裏的人，相信父親的絕對權威。如此的人，到了皇帝面前，自必忠心耿耿，誓死效命。因此，古代帝王特別喜歡孝子，以其易於管教也。

　　今天，「孝」仍然重要，孝順父母，使家庭和諧，可維繫社會安定。「忠」的對象，似乎因為帝制的消失而不見了。然而，「忠」的價值不只在古代社會，在一個團隊裏工作，「忠」的重要性依舊存在。「忠」的意義在於盡心盡力行事。在團隊裏，各成員通力合作，完成任務。衷誠合作，不斤斤計較，才能夠使一加一而大於二，發揮了團隊的作用。

勇於承認過失

　　做錯了並不可怕，可怕的是錯了而不去改正，任由錯誤繼續下去，甚至是重複犯錯，以至無可救藥。經過母親的訓誨後，田稷明白了自己的過失，「慚而出，反其金，自歸罪於宣王，請就誅焉」。田稷感到非常慚愧，離家而去，將金子歸還給下屬官吏，並主動向齊宣王承認有罪，請求處罰。齊宣王聽了事情的始末後，十分讚賞田稷母親的義舉，也就免除了田稷的罪，並恢復了其相國之位，更用了國家的金子賞賜了田稷母親。

田稷受賄，自是錯事，幸在母親曉以大義後，懸崖勒馬，停止犯錯，因得赦免。明人汪道昆指出，「然非稷子之勇於改過，不能繼其母之志」，重點還是田稷要有改過之心。孔子說：「過則勿憚改。」（《論語》1.8、9.25）犯錯了，不要害怕去改過。《左傳‧宣公二年》記載了晉靈公做事不合為君之道，而士會因此向晉靈公進諫，指出「人誰無過？過而能改，善莫大焉」。沒有人能夠從不犯錯，有了過錯能夠改正，就沒有比這再好的事情了。錯誤的經驗可以使人成長，我們會面對不同的事情，然後碰上不同的難題。難題的出現，總會使我們犯錯。常言道，失敗乃成功之母，經驗累積了，下一次遇上了相同的問題，便不會重複犯錯了。

承認錯誤，接下來的，應該是要想辦法補救。田稷聆聽母親教誨，將金子歸還下屬；為臣子而犯錯，向齊宣王坦承罪過。這是田稷當下的舉措。田稷在後來還有些甚麼補救行為，典籍裏沒有再加說明。田稷能夠承擔自己的過失，而非由他人揭發，這樣在向齊宣王認錯的時候，也可由自己詮釋，掌握了事情的先機，避免事件發酵。犯錯了肯定會影響個人的聲譽，如何修復，成為了在錯誤後重新出發的關鍵，而「錯誤」也就成為了我們成長的養分。

5.3

陰德陽報的孫叔敖

因果報應，就是一種循環。種善因，得善果，最後出現的是怎樣的果，我們都不知道。但是，如能使人相信行善便得美好，行惡便遭悲劇，循而只行善而不為惡，這便是因果報應的作用。《列女傳・仁智傳》記載了孫叔敖及其母親的故事，正說明了種善因便可得善果。

陰德與陽報

《列女傳》的「仁智傳」，記載的都是仁愛而多智的傑出女性，孫叔敖的母親便是箇中一員。《列女傳》裏記述了孫叔敖在回家路上遇蛇殺之，而母親為他解釋箇中含義。

一天，少年孫叔敖出門遊玩，在路上看見一條兩頭蛇，便把牠打死並埋掉了。回家後，孫叔敖看見母親便哭了，母親遂問其故。孫叔敖指出，聽說看見兩頭蛇的人會死，而剛才不幸見之。母親復問孫叔敖，謂兩頭蛇如今何在？孫叔敖回道，因恐他人復見，故已將蛇殺死並埋掉。知道孫叔敖哭泣的原因後，母親安慰之，認為兒子不會因此死掉，更說：「夫有陰德者，陽報之。德勝不祥，仁除百禍。天之處高而聽卑，《書》不云乎：『皇天無親，惟德是輔。』爾嘿矣，必興於楚。」母親

說，暗中積德的人，在現世必有好報，善心可以戰勝不祥，仁德可以消除百禍。蒼天雖然高高在上，卻能聽到在下的人間。又引《書》，指出上天不會有所偏私，只會幫助為善的人。母親請兒子孫叔敖不用多想，並預期他將來必然會在楚國取得大成就。

積了陰德，便有陽報，目的當然是為了人世間的美好。陽報未知何時出現，但積陰德則是日積月累的。多做好事，世界充滿着正能量，何樂而不為呢？「陰德」二字，我們將重點放在「德」，其實「陰」也很重要。積德不必事事張揚，可以低調行事，不必人盡皆知。如此積德，方是積陰德。有時候，我們會看到富豪、大企業在媒體面前高呼「為善最樂」，高調行事，其行善便與賣廣告無異。在商言商，無可厚非，善心商人亦總比守財奴好。不過，以此所積之德，實不可稱為「陰德」。所謂「陰德」而「陽報」，說的是暗地裏低調做好事，便會有現世的明顯的好報。人能以此行事，豈不美哉！明代馮夢龍《古今列女傳演義》云：「兩頭蛇雖怪，亦無見而必死之理，叔敖母亦未必便以見兩頭蛇為必死，亦未必便以殺蛇為陰德，而遽信以為必不死。止不過因子之有仁心，有陰德，借此以引其端而全其善心。」可知見兩頭蛇是否必死，其實並不重要，叔敖母乃借此事以表揚孫叔敖的仁善之心。

當機立斷

看見兩頭蛇者當死，孫叔敖既然見之，是必死無疑了。孫叔敖雖然只是小朋友，但已深明這個道理。因此，孫叔敖見之而沒有嚇跑，反而是勇敢地殺死了這條兩頭蛇，更恐防其他人看見兩頭蛇的屍體而又遭遇不測，因此便將兩頭蛇的屍體埋掉了。

不要忘記，孫叔敖當時只是「嬰兒」，[10] 誠然此嬰兒不可能是我們所說的初生兒，畢竟初生兒並不可能自行出外遊玩，也不可能對答如流。但無論如何，孫叔敖只是小孩則當無誤。在我們的孩提時代，如果突如其來遇上一條兩頭蛇，能夠像孫叔敖般冷靜嗎？能夠在照顧自己之餘，更能夠顧念他人嗎？相信皆不可以，但孫叔敖做到了。

孫叔敖在遇上危險時能夠當機立斷，「殺而埋」了兩頭蛇，殊不簡單。危機當前，很多人都會手忙腳亂，方寸大失。事實上，人生總會不斷出現「意外」之事，成功人士的特點便是可以將事情轉危為安，化解危險。就以新冠肺炎疫情為例，世界各地政府面對接二連三的病例，滿滿的危機感，不同的處理方法，誰是誰非，後世最終會有不同的評價。危機已經來臨，無法臨陣退縮，唯有制訂策略，循序漸進，勇敢面對。在我們的

---

10 孫叔敖殺兩頭蛇之事，賈誼《新書・春秋》、《新序・雜事一》、《論衡・福虛》等皆有載之，其中只有《論衡・福虛》引此作「兒」而非「嬰兒」。張濤《列女傳譯注》將「嬰兒」翻譯為「小時候」；張敬《列女傳今注今譯》則以之為「年幼時期」，更直言「原文作『嬰兒』之時，似有未當」，其説是也。

人生旅途上，也會有着許多像孫叔敖遇見「兩頭蛇」一樣的情況！

風評的重要性

《列女傳》的重點是女性，在孫叔敖殺兩頭蛇的故事裏，主角自然是孫叔敖的母親。這個故事尚見於賈誼《新書・春秋》、《新序・雜事一》、《論衡・福虛》等，尤其要值得注意的是《新序・雜事一》的記載。《新序》在孫叔敖長大成為楚國令尹後，加上了「未治而國人信其仁也」一句，意義重大。

試想想，孫叔敖殺而埋蛇一事，誰人能知？孫叔敖回家跟母親哭訴，能知此事者唯有母子二人。因為此事，孫叔敖的仁德已彰，《列女傳》直言其報是「必興於楚」。孫叔敖的好名聲，大抵正是他能夠擔當楚國令尹一職的關鍵。令尹是楚國的宰相，乃全國最高官職，孫叔敖能夠為之，是其仁德早已遠播的明證。輿論風評不可不加注意，孫叔敖在年紀尚幼時已有仁德名聲，對他推行政令以治國有極大幫助。

我們常說，不要管別人的想法，只要做好自己就是了。一般而言是這樣沒錯，但要完全不管別人的評論，其實並不可能。人言可畏，尤其是有人在陌生人面前胡亂評論我，而陌生人對我沒有深入認識，便將此人所言信以為真。在這種情況下，人的聲譽還是會受到不少影響。

別人的評論固然重要，但也不要過分執着，只要不把目光放在當下，長遠而言，別人也會認識真實的我，而非來自

他人評論的二手印象。近年來，社交網絡媒體大為盛行，如
Facebook、Instagram等皆然。有些人十分在意在自己帖文下的
評論，無論是好評數量的多寡，抑或是留言評論的內容。但風
評也是真偽難分的，例言之，不少餐廳食肆皆有公眾號，他們
更會僱用「打手」輸入讚美的評語給自己，劣評則給予敵人。
因此，好評的不一定是美食，劣評也可能只是因為得罪了人。
如此評論，實在是虛應故事，全不真實。美味與否，最後還是
要倚靠實際的體會。網絡留言就像網絡世界一樣，一切皆疑幻
似真，不應過分執着。

5.4

正直辭達的鍾離春

　　人與人之間的交往，開始的時候大多憑藉表面的打量，並無深入了解。表面的認識，只能流於對外表的觀察。或許，外表亮麗的人較為容易爭取初始一瞬的機會，但真正有實力的人，卻能憑着後勁加以追趕，更能使人動容。《列女傳・辯通傳》記載了能言善道的古代女性，其中便包括了「為人極醜無雙」的鍾離春。

人不可以貌相

　　古書裏很喜歡細緻描述人的長相，並以其相貌與行為扯上關係。鍾離春乃戰國時代齊國無鹽女子，後世或稱其為「鍾無艷」。《列女傳》如此說：「其為人極醜無雙，臼頭，深目，長壯，大節，卬鼻，結喉，肥項，少髮，折腰，出胸，皮膚若漆。」這裏指出鍾離春長相奇醜無比，頭像舂臼，眼睛凹陷，手指粗長，骨節很大，仰鼻露孔，喉嚨處有個大節，脖子肥大，頭髮稀疏，彎腰駝背，皮膚漆黑。幾乎是可以想到的貌醜元素，全數集中在鍾離春身上。

　　其實，《列女傳》在細述鍾離春相貌前，已經指出她為「齊宣王之正后也」。在一般情況之下，古代帝王多因美貌而冊封

女子為妃嬪,顯而易見,鍾離春乃因內德而受冊封。《列女傳》記載了鍾離春與齊宣王的一段對話。鍾離春因知齊宣王喜歡隱語,故在面見齊宣王時,便說自己的專長乃是「善隱」。所謂「隱」,指的是隱語、謎語,即用暗比手法,不直述本意而借其他語詞暗示的語言。接着,鍾離春對齊宣王說出了隱語,卻突然不見了,齊宣王不明所以,即使查遍《隱書》,也不明箇中原因。到了第二天,齊宣王召來鍾離春,再次詢問隱語所指。鍾離春這次不用隱語,而是直接說出齊國的四大危險。齊宣王聽明白了,感謝鍾離春,認為「痛乎無鹽君之言,乃今一聞」,十分痛快。回看前文,鍾離春所以突然消失,其實隱含了四大危險可能導致亡國,不見了的不單是指鍾離春,也是隱括了齊國滅亡之意。齊宣王明白了鍾離春所指後,行善政,更拜鍾離春為皇后。

　　鍾離春能力卓越,不受長相所囿。今天,我們更不應該以貌取人,待人接物當持之謹慎,嘗試深入認識。例如作為面試官,想要在面試者裏找到合適的人選,那麼該如何利用短短的面試時間呢?面試者有些打扮得花枝招展,有些樸實無華,單看外表,實難以決定。因此,在面試前,面試官應該仔細審視應徵者的履歷,以及提早擬好想要釐清的問題。此外,因應不同的面試,可能是職業崗位,可能是獎助學金,究竟成功的面試者需要哪些特別的技能,面試官也要特別深入了解。最後,更要準備一些多角度的問題,從而肯定不同面試者的能力。面試官要深入了解面試者,才不致有遺珠之憾!

適當的時候才說話

鍾離春當然了解自己的優缺點，所以才能夠在「極醜無雙」、身穿「短褐」的情況下，仍然膽敢往見齊宣王。齊宣王喜好隱語，鍾離春遂投其所好，卻又突然消失，後得復見，仍不直接解謎。待時機成熟之際，鍾離春又說了四遍「殆哉！殆哉！」最後在齊宣王的再三要求下，才說明齊國所以危險的原因。

如果鍾離春沒有用隱語的方式來見齊宣王，她可能根本得不到朝見諸侯的機會。如果鍾離春在第一次與齊宣王見面時，只是以一般隱語出之，齊宣王未必感到興趣。如果鍾離春不是在齊宣王再三要求下才道出齊國已陷危險之境，齊宣王未必能夠醒覺而勵精圖治。三件事情講求的是適當的時機，即是「時然後言」。《論語》記載了公明賈如此的評論公叔文子：「夫子時然後言，人不厭其言；樂然後笑，人不厭其笑；義然後取，人不厭其取。」(14.13)公明賈指出公叔文子在應該說話的時候才說話，別人不會討厭他的話；高興的時候才笑，別人不厭惡他的笑；應該取的時候才取，別人不討厭他的取。要做到「時然後言」並不簡單，連孔子對公明賈的說法也有所懷疑。不過，《列女傳》裏的鍾離春是做到了。

在不適當的時候說三道四，只會招人討厭，甚麼目的也不會達成。聰明的小朋友，也不應該在父母吵架或者是自己學業成績欠佳時嚷着要買玩具。如此簡單的道理，反而成年人在許多場合並不明白。例如在會議的時候，各人發表自己意見，

便應該適可而止，不要説得太多，以免壟斷發言，並干擾了會議的進度。上司邀請發言之時，便應陳述己見，不卑不亢，把握有限的時間，展現自己的工作能力。鍾離春長相不佳，本來似乎欠缺優勢，但她能夠成功引起齊宣王的興趣，又有上佳的説話技巧，結果成功扭轉了局面，成為了齊宣王的王后。

轉危為安的齊宣王

喜隱的齊宣王，再三向鍾離春追問後，終於知悉了齊國面對的四大危機。四大危機，一是繼承人未定，假如諸侯突然駕崩，齊國勢危；二是所營建設，勞民傷財；三是奸邪當道，賢人欲諫無從；四是沉迷女樂俳優，荒廢政事。四大危機，致使鍾離春大呼「殆而殆而」四遍。

面對危機，可以一蹶不振，也可以抖擻精神，轉危為安，重新出發。選擇前者，顯然是昏君的舉措，好處是不用改變自己的行為。選擇後者，那便要痛改前非，勞累至極。齊宣王選擇了後者，於是「拆漸臺，罷女樂，退諂諛，去雕琢，選兵馬，實府庫，四辟公門，招進直言，延及側陋」。拆掉了漸臺，停止女樂，斥退諛媚的人，去掉雕琢的建築，選擇兵馬軍需，充實府庫，四闢公門，招納直言之士，延攬有才德而居於隱僻之處的微賤者。做了這些舉動，使「齊國大安」，可見齊宣王聽取鍾離春的意見而作出了改變，更令齊國轉危為安。明人汪道昆評曰：「蓋齊宣之明，其於四者之殆已覺於中。」他認為齊宣王之英明，在接受鍾離春四殆的進諫中已可見之，其説

是也。如非英主，安能納諫如此？

　　成功人士總能夠化解危機，轉危為安。這裏可以用 2016 年香港歌手黎明取消演唱會一事為例。當年四月，黎明原定在中環海濱舉行八場 4D 演唱會，但在首場演唱會開演前兩小時，卻因所採用帳蓬物料未能符合消防要求而被迫煞停。其後，黎明在其個人臉書專頁接連上載了五段短片，化解了當前危機，其中內容主要為承擔責任、和盤托出、誠懇道歉。處理危機之時，切記要誠實交代，不要講大話，不要推卸責任，更要即時處理。這些黎明都做到了，可見演藝人士要一直在娛樂圈站穩陣腳，不為後浪所淹，具有轉危為安的能力十分重要。

5.5

明哲保身的僖負羈妻

在中國古代社會，家庭裏的決定幾乎全由男性主導。但《列女傳》前六篇所記女性，俱獨當一面，且對家中男性的性命、仕途等，皆起重要作用。以下故事見《列女傳・仁智傳》，男主角僖負羈聽了妻子的説話，避過一劫，得以保存性命。

無禮的下場

晉公子重耳在登位成為晉侯以前，曾經流亡在外十九年，嘗至狄、衛、齊、曹、宋、鄭、楚、秦等國，顛沛流離，歷盡艱辛。回國即位以後，曹國成為晉國第一個消滅的諸侯國。《列女傳》道出了晉滅曹的原因：「晉公子重耳亡，過曹，恭公不禮焉。聞其駢脅，近其舍，伺其將浴，設微薄而觀之。」重耳在逃亡經過曹國的時候，曹恭公（或稱曹共公）不加禮遇。曹恭公做了甚麼行為，而可稱為「不禮」呢？原來曹恭公聽説晉公子重耳的肋骨排得很密，如同一骨。於是，曹恭公就靠近重耳的住室，在其洗澡之時，設置了一塊很薄的簾子，從外面窺視。此事在《左傳・僖公二十三年》同有記載。

無禮有甚麼下場呢？僖氏妻説：「若得反國，必霸諸侯而討無禮，曹必為首。」意思是重耳如得回國繼位，必然能在諸

侯中稱霸，並討伐曾對他無禮的國家，那時曹國必定首先遭殃。誠如僖氏妻所言，重耳回國即位以後，在僖公二十八年（前 632）春，《左傳》便記載了晉侯侵曹，到了三月，晉侯攻入曹國，捕捉了曹恭公，「公說，執曹伯，分曹衛之田，以畀宋人」。能夠捕獲曹恭公，晉侯十分高興，更將曹國和衛國的土地分給宋國。可見，因無禮偷窺，曹國落得破滅的下場。

在春秋時代，禮可以指向上下有別、尊卑分明的制度。在今天看來，禮更要包括人與人之間的基本尊重。香港家庭教育學院曾經進行了「香港學童禮貌表現」（2019）的問卷調查，發現了不少學童的無禮行為，其中包括遇事甚少感恩說謝謝、霸佔座位、不排隊或插隊，以至甚少以雙手接過老師分發的材料等。無禮的行為不會無故出現，成因多出於家長缺少教導，沒有糾正子女的行為。曹恭公因無禮而亡國，事件牽連甚廣；但不要小看學童的無禮，要知道，小孩總會慢慢長大，成為了社會的棟樑基石。無禮的基石，必使社會風氣漸趨敗壞，令人擔憂。

識人之力

晉文公在外流亡十九年而得以回家，身邊一眾賢臣的功勞最為重要。僖氏妻指出，「吾觀晉公子，其從者三人皆國相也。以此三人者，皆善戮力以輔人，必得晉國。」追隨着重耳的三個人，皆有國相之才，以此三人努力輔佐重耳，重耳必可成為晉國君主。三人者是誰，《列女傳》沒有明確指出。但據

《左傳・僖公二十三年》所載，在重耳逃亡至狄人處時，狐偃、趙衰、顛頡、魏武子、司空季子等皆追隨左右。且《左傳》言「吾觀晉公子之從者，皆足以相國，若以相，夫子必反其國」，只言「從者」，而沒有明言為三人，未知《列女傳》謂「以此三人者」之所據。又，僖氏妻指出重耳一行人，「今其從者皆卿相之僕也，則其君必霸王之主也」，認為重耳的隨從都是卿相的助手，可見他們的君主必成霸王。及後，晉文公成為了春秋五霸之一，開創了晉國的百年盛世。僖氏妻的識見，實在難得！

　　僖氏妻獨具慧眼，而且深明君主必得賢臣輔佐方可成功的道理。據僖氏妻所言，「不知其子者，視其父；不知其君者，視其所使」，不知兒子如何，可以看看他的父親；不知君主如何，可以看看輔佐他的大臣。當時重耳只是一個流亡的公子，僖氏妻不太可能認識，但因重耳身旁的大臣皆有賢德，故僖氏妻予以判斷。明代馮夢龍說：「奈何文公過曹時，曹君不知，曹臣不知，舉曹國之人皆不知，并負羈亦不知，獨僖氏妻知之，則僖氏妻之明眼高識為何如！噫，不得不服其仁而稱其智！」僖氏妻識見過人，馮夢龍所言是矣。

　　選用人才而獨具慧眼是成功的要素，說的是要學會觀察別人。僖氏妻沒有追隨重耳流亡，因此不可能對重耳的隨從認識良久。只能在有限的時間裏，趁着別人沒有在意之時，細心觀察。透過觀察對方的一言一動，分析一舉手一投足。慧眼不是憑空而來，觀人於微是以小見大，從而推斷某人能否成就大事業。

明哲保身

在同一團隊工作，本應勠力同心，團結一致。可是，如果發現在上位者並不可靠，勸阻無用，那便應該為自己的前景着想，謀求出路。曹恭公無禮偷窺流亡的公子重耳，而重耳身邊皆為賢德之人，他日回國必可稱霸。在這樣的客觀條件下，曹國必遭大殃。僖氏妻愈想愈不對勁，因而對僖負羈作出建議：「若曹有難，子必不免，子胡不早自貳焉？」如果曹國有難，僖負羈也難以倖免，故應早日懷有二心，為自己作打算。結果告訴我們，重耳回國即位，果然討伐曹國，稱霸諸侯。僖負羈因為聽從妻子所言，為重耳送飯時附上了玉璧。當時重耳接受了食物，退回了玉璧，但已明白僖負羈之用心。後來在討伐曹國之時，明令了兵士不可擅入僖負羈所住巷道，明哲保身，使僖氏上下得免於難。

忠心耿耿固然重要，但如對方無可救藥，也只能棄之而去，今之所謂「棄船」是也。明哲保身指的是明達事理、洞見時勢的人，不參與會帶給自己危險的事。後世詮釋這個詞語時或帶貶義，衍生為因怕連累自己而迴避原則的處世態度。孔子說：「危邦不入，亂邦不居。」（《論語》8.13）不進入危險的國家，不居住在禍亂的國家。曹國在曹恭公的管治底下，將來必有災禍，故僖氏妻認為當明哲保身。在公司企業裏，眼見亂局，作為成員一分子，理當力挽狂瀾，不當輕易言棄。但如屢勸不止，便當棄如敝屣，頭也不回。殷商末年，紂王暴虐，三位仁人多番進諫，惜紂王不納，最後「微子去之，箕子為之

奴，比干諫而死」（《論語》18.1）。微子離紂而去，箕子為紂所
囚而佯狂受辱，比干為紂所殺，三人下場各異，而微子的抉擇
乃是勸諫不果而唯有放棄，明哲保身。

第六章

《世説新語》

世説新語中

世説新語中

方正第五

宋臨川王義慶撰

梁劉孝標注

陳太丘與友期行期日中過中不至太丘舍去去後乃至
元方時年七歳門外戲陳寔及紀客問元方尊君在不答
曰待君久不至已去友人便怒曰非人哉與人期行相
委而去元方曰君與家君期日中日中不至則是無信
對子罵父則是無禮友人慙下車引之元方入門不顧
南陽宗世林魏武同時而甚薄此公為人不與之交及魏

　　《世說新語》由劉義慶召集門下食客共同編撰。劉義慶是南朝宋人，為劉宋宗室，是宋武帝劉裕之姪。經歷了大一統的秦漢王朝後，從東漢末年魏蜀吳三分天下開始，中國又陷入了分裂的局面。魏晉南北朝乃是朝代更迭頻繁的時代，戰爭頻仍，老百姓生活極不安穩，社會長期處於動盪的情況。日本學者川勝義雄曾經將魏晉南北朝形容為「華麗的黑暗時代」，黑暗源於動盪不安的感覺，本無可疑；華麗代表了這個時代的人才輩出，百家爭鳴。

六朝人生活的反映

　　《世說新語》記載了東漢至東晉之間的名士逸事，正好是六朝人生活態度的反映。身處亂世，如何自處，自然也是充滿人生哲理。在經濟學上，有所謂「供求定律」（The Law of Demand）：假設其他因素不變，當一件物品的相對價格下跌時，其需求量會上升，反之亦然。換言之，兩者成反比關係。均衡價格（equilibrium price）是商品的供給曲線與需求曲線相交時的價格，也就是商品的市場供給量與市場需求量相等，商品的供給價格與需求價格相等時的價格。人和社會的關係也一樣。人生在世，是我們要適應這個社會，還是希望改變社會現況，讓社會成為我們心目中的理想國度呢？《世說新語》所記載的，便是當時人的處世之道。

　　《世說新語》全書分上、中、下三卷。依內容分有：德行（47）、言語（108）、政事（26）、文學（104）、方正（66）、

雅量（42）、識鑒（28）、賞譽（156）、品藻（88）、規箴（27）、捷悟（7）、夙惠（7）、豪爽（13）、容止（39）、自新（2）、企羨（6）、傷逝（19）、棲逸（17）、賢媛（32）、術解（11）、巧藝（14）、寵禮（6）、任誕（54）、簡傲（17）、排調（65）、輕詆（33）、假譎（14）、黜免（9）、儉嗇（9）、汰侈（12）、忿狷（8）、讒險（4）、尤悔（17）、紕漏（8）、惑溺（7）、仇隙（8），共三十六個門類。每類收有若干則，全書共 1130 則，[11]最多的是〈言語〉共有 108 則，最少的是〈自新〉只有 2 則。有的只有數行文字，有的三言兩語，有的卻是長篇大論，可見志人小說在記述時候的隨意性。

春秋與六朝

《世說新語》的首四個門類分別是「德行」、「言語」、「政事」、「文學」，正是《論語》裏所說的孔門四科。《論語·先進》云：「德行：顏淵，閔子騫，冉伯牛，仲弓。言語：宰我，子貢。政事：冉有，季路。文學：子游，子夏。」（11.3）顯而易見，《世說新語》此所見門類次序，與傳統儒家文化有着密切的關係。蔣凡說：「若論其區分門類的標準及其精神實質，則因作者及所錄人物的生活年代不同，已具有了魏晉時代的新鮮風貌，而不必與先秦兩漢傳統儒家觀念盡皆相同。」[12]如此說法有

---

11 據余嘉錫：《世說新語箋疏（修訂本）》，上海：上海古籍出版社，1993 年。

12 蔣凡、李笑野、白振奎：《全評新注世說新語》，北京：人民文學出版社，2009 年，頁 3。

一定的道理，但就時代背景而言，孔門弟子所在的春秋亂局，
又與魏晉六朝有着微妙的契合。諸侯分立，小國競爭，更替頻
仍，人才輩出，正是春秋與六朝的共同之處。宋文帝元嘉十五
年（438），建立官方的「四學」，為儒、玄、史、文，以儒學
為首。魏晉時期，玄學大盛，得與儒學並稱。《世說新語》仍
以孔門四科居首，正是反映了時代的特色。

記事與記言結合

　　《世說新語》的語言精練含蓄，雋永傳神。明人胡應麟説：
「讀其語言，晉人面目氣韻恍忽生動，而簡約玄澹，真致不
窮，古今絕唱也。」（《少室山房筆叢》卷二九《九流緒論下》）
例言之，《世說新語‧品藻》載殷浩説：「我與我周旋久，寧作
我。」桓溫問殷浩，二人之中誰較強。殷浩指出跟自己長期打
交道，寧願作我，不欲與他人作比較，旨在追求獨特的自我。
在《世說新語‧傷逝》裏，記載王戎喪子，山簡認為不應過於
悲痛。王戎説：「聖人忘情，最下不及情；情之所鍾，正在我
輩。」指出聖人不動情，最下等的人談不上有感情；感情最專
注的，正是我等。王戎所言，正見舐犢情深，催人淚下，使山
簡深為佩服，為其悲痛。在《世說新語‧識鑒》裏，可見張翰
對追求功名的態度。其人原本調任齊王屬官，因吹拂秋風而思
念故鄉，説：「人生貴得適意爾，何能羈宦數千里以要名爵！」
他認為人生可貴的是能夠順適其心，怎麼能遠離家鄉到幾千里
外任官，以求追逐名聲和爵位呢！可見晉代人尊重個體自適，

珍惜短暫生命的生活態度。

擅寫人物性格特徵

在《世說新語》裏出現的人物多達670多位，就時代先後而言，約有六大類，分別是漢末時人（如馬融、鄭玄等）、建安文人（如曹操、孔融等）、正始名士（如何晏、王弼等）、竹林七賢（如阮籍、嵇康等）、西晉中人（如裴楷、衛玠等）、東晉名家（如王導、謝安等）等。其中出現兩次以上的約有217位，[13]可謂人才濟濟，能作史傳補篇。

人物眾多，性格各異，《世說新語》善於抓住人物特徵加以描繪。例言之，《世說新語·雅量》寫謝安、孫綽等人泛海，風起浪湧，各人對此表現各異；孫綽、王羲之、許詢等人是「色並遽」、「諠動不坐」，而謝安卻是「吟嘯不言」、「貌閑意說」，用對比手法寫出謝安臨危不亂的氣度，以及一般名士與傑出政治家的分野。又如寫曹操，在《世說新語·容止》的「捉刀」故事裏，以自己貌醜，使美男崔琰代為接見匈奴使者，而自己則站在旁邊握刀站崗。然而匈奴使者指出握刀者才是「英雄」，曹操知之，便派人將使者殺掉。同樣地，在《世說新語·假譎》裏，曹操指出自己睡覺之時，其他人不可靠近，「近便斫人」。有一次，曹操假裝睡覺，有個親信靜悄悄地為他蓋上棉

13　統計數字據余嘉錫〈《世說新語》常見人名異稱表〉，見載《世說新語箋疏（修訂本）》。

被，曹操便將他斫殺。此皆反映了曹操猜忌多疑的性格。

　　以下選取了《世說新語》裏的五個人物，探討其人其事對於現代生活的啟迪。

延伸閱讀

1. 余嘉錫《世說新語箋疏（修訂本）》
2. 蔣凡、李笑野、白振奎《全評新注世說新語》
3. 劉強《世說新語會評》
4. 朱鑄禹《世說新語彙校集注》
5. 戴建業《慢讀世說新語》

使人肅然起敬的惠遠和尚

中國古代典籍常常見到有「勸學」為題的篇章，例如《荀子‧勸學》、《尸子‧勸學》、《呂氏春秋‧孟夏紀‧勸學》、《大戴禮記‧勸學》、賈誼《新書‧勸學》、揚雄《法言‧學行》、王符《潛夫論‧讚學》、徐幹《中論‧治學》等八篇「勸學」篇章。勸學似乎正是強調為學要及早，這也沒錯，但只要願意學習，不論甚麼年紀，同樣令人敬佩。《世說新語‧規箴》便記載了東晉名僧惠遠和尚的故事。

誨人不倦

佛教自西漢已傳入中國，在魏晉時代頗為流行。慧遠在晉武帝太元六年（381）入廬山，江州刺史桓伊在太元十一年（386）立東林寺。慧遠和尚住在廬山裏，雖然已經年老，但仍不斷宣講佛經，弘揚佛法，誨人不倦，勸勉弟子要勉力學習。《世說新語》原文如下：

> 遠公在廬山中，雖老，講論不輟。弟子中或有墮者，遠公曰：「桑榆之光，理無遠照；但願朝陽之暉，與時並明耳。」執經登坐，諷誦朗暢，詞色甚苦。高足之徒，皆肅然增敬。

求學過程，雖有無師而自通者，但學習之路貴乎有指點迷津的人，老師特為重要。能夠耐心教人而不知倦怠，乃是良師必須具備的條件。弟子學習之時或有欠勤奮，慧遠說：「桑榆之光，理無遠照；但願朝陽之暉，與時並明耳。」慧遠認為自己就像「桑榆之光」，如同太陽餘暉落在桑樹、榆樹之上，即已屆人生暮年，按理說已經不會照得久遠了。慧遠希望弟子可以像早晨的陽光，愈益明亮！

耐心教導後學，不厭其煩，在孔子的教學生涯裏早已可尋。孔子說：「默而識之，學而不厭，誨人不倦，何有於我哉？」（《論語》7.2）將所見所聞默默地記在心裏，努力學習而不厭棄，教導別人而不疲倦，孔子在想自己究竟做到了多少。又，孔子說：「若聖與仁，則吾豈敢？抑為之不厭，誨人不倦，則可謂云爾已矣。」（《論語》7.34）孔子不敢擔當聖和仁，自稱只不過是學習和工作總不厭倦，教導別人總不疲勞，如此而已。

在我們的求學過程裏，總會遇上幾位誨人不倦的良師，循循善誘，不辭勞苦。誨人並不難，但要不倦地誨人，才是難事。一次的勸勉，學生未必受教；反覆的勸勉，學生或許生厭。誨人不倦，一方面可見對後生的期盼，一方面乃是誨人者的投入認真，矢志不渝。但願在學習歷程裏，我們也可以遇上生命中的孔子和慧遠。

老而彌堅

據學者研究，慧遠和尚在太元十一年（386）年約六十，故以桑榆之光的晚年暮景自況。日月驟逝，時不我與，能夠持之以恆教學多年，依然勉勵弟子勤加學習，慧遠實在老而彌堅。《世說新語》記載慧遠堅持講學，「執經登坐，諷誦朗暢，詞色甚苦」，拿起佛經，登上講壇，誦經響亮而流暢，言辭神態非常懇切。

能夠及早學習，固然重要，不若持續的學習。慧遠可以在年紀老大仍然「講論不輟」，持續講學，其身體狀況頗為理想，也體現了如同現代社會所說的「老有所用」。隨着醫學發展愈益昌明，人類的預計壽命愈益延長。因此，過去被視為已至暮年的年齡階層，現在不少人仍然在工作位置之上。以香港公務員退休年齡為例，原為 60 歲，自 2015 年延至 65 歲，正是老而彌堅的反映。《牛津英語詞典》（Oxford English Dictionary）甚至將「中年（middle age）」定為 45-65 歲。即使完全離開了工作崗位，老人家依然在社會的不同崗位上繼續發熱發亮。身體健康的老人家，不少更會組成長者義工隊，服務不同界別人士，助人助己，一舉兩得。

肅然起敬

慧遠和尚「雖老，講論不輟」，年紀雖大，但持續教學，勉勵弟子，《世說新語》記其弟子「皆肅然增敬」。人類社會持續發展、進步，很大程度在於長江後浪推前浪，後進者不斷奮

發向前，並在最後將先進掩蓋。

　　但是，前輩毫無保留地傾力付出，才可將經驗傳授並延綿到下一代。慧遠勉勵弟子努力學習，尤其是「弟子中或有墮者」，面對不肯努力學習的學生，仍能盡力勉之，堪稱之為良師。慧遠弘揚佛法的熱誠，深深打動弟子，更使弟子肅然起敬。在學校裏，學生有的主動學習，有的被動學習，有的從不學習。主動學習的學生，天資敏悟，能舉一反三，只要老師略加點撥，便能成就大事業。被動學習的學生，蓋佔絕大多數，此等學生在老師的循循善誘下，日夜努力不懈，庶幾事有所成。從不學習的學生，對於課堂講授，毫不在意，態度惡劣。良師當能有教無類，學生即使能力稍遜，抑或無心向學，皆必盡心盡力傾囊相授。不少地方都會有優秀教師或傑出教師選舉，用以表揚為師者的辛勞付出。同樣地，每年 9 月 10 日的敬師日，目的在於推動尊師重道的風氣，以提高教師地位，促進教育發展。

　　長者代表了上一代人的智慧，是社會的無價之寶。作為後生，理應心懷感恩，倍加珍惜。近年來，社會出現了一個情況，就是年青人特別不滿意長者，以為長者「恃老賣老」，因而造成了不同年齡層之間關係的隔斷。這當然是危害社會發展的不良情況。每個地方，即有不同的社會結構，總是佈滿了不同年齡層的人。這個地方想要成功，當地政府在制訂政策時，便要考慮不同年齡層的需要。老人家擁有的是經驗和智慧，年青人擁有的創意和體力，二者如能各司其職，各盡其才，便都

能發揮彼此在社會上的功能，推動社會的良好發展。今天，我們所看見的一切，並非已然存在，實在是經歷了幾代人的努力才能建立起來的成果。例如在學校裏，不少教學大樓均以捐款人的姓名而命名，如無善長人翁的捐獻，師生皆不可能在那裏上課。因此，世界縱然並非最好，也有許多值得改善的地方，但前人種樹後人乘涼，如能懷着感恩之心面對眼前一切，在人在己也只是有益而無害。長者的嘉言懿行，年青人如能肅然起敬，社會面貌想必煥然一新，邁向和諧生活新紀元。

割席斷交的管寧與華歆

「道不同不相為謀」、「話不投機半句多」，好朋友似乎都必須有着相類近的價值觀。有時候，朋友初相識之時，了解並不深入。但隨着時日漸久，認識轉深，可能便是時候重新審視友情的關係了。《世說新語・德行》記載了管寧和華歆在園中鋤菜的故事，看到了二人相異的價值觀。

不同的價值觀

管寧、華歆原是好朋友，因為兩件小事，使管寧看清楚了華歆的為人，進而使二人絕交。《世說新語・德行》記載如下：

> 管寧、華歆共園中鋤菜，見地有片金，管揮鋤與瓦石不異，華捉而擲去之。又嘗同席讀書，有乘軒冕過門者，寧讀如故，歆廢書出看。寧割席分坐曰：「子非吾友也。」

小事共有兩件。第一件事是管寧和華歆一起在園裏鋤地種菜，看見地上有一小片金子，管寧不理會，照樣揮鋤，跟鋤掉瓦塊、石頭沒有兩樣，華歆卻把金子撿起來再扔掉。這裏可見管寧面對偶得之財而毫不動心，華歆雖未有取走金子，做事卻已

經不完全專心，受到金子的干擾了。第二件事是管寧和華歆二人同坐在一張席上讀書，有達官貴人乘坐華麗的馬車從門外經過，管寧照舊讀書，華歆卻放下書本跑出去看。同樣地，管寧不為所動，而華歆卻因達官貴人蒞臨而改變正在做的事情，沒有專心致志勤加學習。最後，管寧就割開了原本二人同坐的席子，分開座位，跟華歆絕交。

　　結交朋友，如能尋獲價值觀較為接近的，才可以有着恆久的友情。在管寧、華歆這個故事裏，可見管寧專心致志，不受外界影響；華歆則不然，做事不夠認真投入，故當外在環境有少許異動之時，便已大受影響。朋友之間，如彼此做事時皆能專心認真，互不騷擾對方，便是性情相若，可堪為友。反之，一人專心做事，一人在旁騷擾，閒話家常，二人性情有異，實在難為好友。所謂「方以類聚，物以群分」，價值觀相同相近的人，自必走在一起。管寧、華歆最終要割席而坐，進而絕交，固其然也。

結交朋友的標準

　　管寧由於華歆求學為人不夠專心，最後終至絕交。那麼，管寧、華歆分別需要怎樣的朋友呢？管寧為人一絲不苟，處事認真，專心致志。司空陳群曾經上書朝廷歌頌管寧，謂其「行為世表，學任人師，清儉足以激濁，貞正足以矯時」（《三國志・管寧傳》裴松之注引《傅子》）。陳群所說的當然是長大後的管寧，由此可見管寧的行為足以成為世人儀表，其學識可為

人師，清廉儉樸能夠激勵混濁之世，堅貞端方能夠矯正時俗。按照管寧的言行，他所結交的朋友理應皆為正直不阿的人，做事時不會分心，且又態度認真。

華歆志在功名，故在軒冕出現時廢書而觀；又珍視錢財，故在園中地見片金，捉而擲之。明人淩濛初說：「既捉而擲之，便是華歆一生小樣子。」貪心而又扮作不在乎，乃是華歆人生的寫照。華歆在曹操麾下效命，在建安十八年（213）曹操進攻孫權之時，華歆為軍師。曹操逼漢獻帝廢后，又命華歆率兵入宮搜捕伏皇后。至建安二十二年（217）任魏御史大夫，曹丕繼位魏王後，任華歆為相國，封安樂亭侯。華歆的朋友，據其仕途所見，必皆有志於功名矣。

得一知己，死而無憾，否則朋友再多也是徒然。結交朋友，彼此應該講求信用；相處之時，則要寬容待人。友儕之間，更要甘苦與共，不可因見富貴而放棄舊友。有福同享，有難同當，在喜樂與困苦之間，朋友可以攜手踏步，互相鼓勵，奮發越過人生的關卡。或許，管寧的朋友都是君子之交，華歆的朋友都是小人之交，但不要忘記，《世說新語》所記，後為《三國演義》所採用，而清人章學誠乃言《三國演義》七實三虛，究竟華歆是否真是小人，抑或出於小說的虛構，實難以一一考證。我們能夠知道的，乃是價值觀相同才堪稱好友的交友標準。

真小人與偽君子

　　《世說新語》是魏晉南北朝時期的筆記小說，各篇篇幅短小，零星記事，內容繁雜。在上述故事裏，管寧、華歆因價值觀不合，管寧遂與華歆絕交。看來管寧是君子，而華歆是小人。但細心一想，如果在務農時鋤地而見金子，誰能無動於衷？即使不將金子據為己有，但定睛一看者必然大有人在。在另一場合，華歆在讀書學習時，抵受不住屋外軒冕之聲而出看，難道只有華歆才會如此嗎？讀書之時忽有喧譁，外出查看究竟亦屬人之常情。

　　《世說新語・德行》很快便補充了另一則故事，這次的主角換上了華歆與王朗。

> 　　華歆、王朗俱乘船避難，有一人欲依附，歆輒難之。朗曰：「幸尚寬，何為不可？」後賊追至，王欲舍所攜人。歆曰：「本所以疑，正為此耳。既已納其自託，寧可以急相棄邪？」遂攜拯如初。世以此定華、王之優劣。

華歆、王朗二人一起乘船避難，有人欲搭上他們的船，華歆馬上表示為難。王朗則認為船上還寬敞便答應了，後來強盜追至，王朗便想甩掉那個搭船人。這時，華歆指出自己當初所以猶豫，就是為了這一點。既然已經答應了別人的請求，怎麼可以因為情況緊迫就拋棄他呢！於是，華歆、王朗便仍舊帶着此人。世人憑這件事來判定華歆和王朗的優劣。顯而易見，華歆

是真小人，一開始便不欲那人登船；王朗是偽君子，既載之而又在遇上危難之時將他趕走，給別人帶來假希望。

在人生路上，固然不希望遇上小人，可是碰上道貌岸然的偽君子，更是不幸。偽君子因為其君子的外表，使人誤以為他是真君子，可是在撕開其假面具後，我們會因偽君子與君子之間的落差而更感失望。小人沒有這種情況，因為世人早知他為小人，故得以承受他為小人的所作所為。總之，偽君子較諸真小人而言更為可怕。

6.3
鋒芒過露的楊修

唐代詩人李白在他的名篇〈將進酒〉裏曾説:「天生我材必有用。」每個人都有他的獨特才能,但能否加以發揮,卻是後話。明朝劉基《郁離子・大智》云:「智而能愚,則天下之智莫加焉。」意思是説,智者能帶幾分愚,就是天下的大智慧。我們也會聽過這樣的説話:「不要胡亂賣弄小聰明。」以下讓我們來看看《世説新語・捷悟》裏關於楊修的故事。

明白弦外之音

我們在説話的時候,未必每次都將事情解釋得一清二楚,更多是要接受者稍作思考,方能明白箇中含意。曹操才智過人,人所共知,楊修在曹操麾下工作,《世説新語・捷悟》記載了楊修的幾件小事,其一為:

> 楊德祖為魏武主簿,時作相國門,始構榱桷,魏武自出看,使人題門作「活」字,便去。楊見,即令壞之。既竟,曰:「門中『活』,『闊』字。王正嫌門大也。」

楊修，字德祖，當時任魏武帝曹操的主簿，[14] 其時正在興建相國府的大門，剛架起椽子，曹操親自出來查看，叫人在門上寫了一個「活」字便走了。楊修看見了，便立刻請人將門拆掉。拆完後，楊修指出，在門裏加上「活」字即成「闊」字。曹操乃是嫌門太大。在這個故事裏，曹操沒有說話，只是寫了一個字，而楊修已經明白了曹操的意思。《世說新語‧捷悟》所收錄的故事，皆以機智領悟、反應敏捷之言行為各章的主題。楊修能夠單憑一字而領會了曹操的弦外之音，其捷悟可見一斑，同時也省卻了曹操要向下屬詳加解釋的功夫。

意在言外的舉手投足，我們明白了多少？耳朵聆聽別人的說話，準確度不可能勝於錄音機，但耳朵優勝之處在哪裏？那便是耳朵可以協助我們明白別人的弦外之音。我們還要學會察言觀色，嘗試認識對方在說話裏隱藏着的情緒，再認真地聆聽別人的說話，繼而細心分析。如此，弦外之音便較為容易聽得明白。

揣摩上意

楊修在曹操麾下效命，乃曹操的部下。老闆自是喜歡聰明的下屬，可以省去許多不必要的反覆叮嚀。不過，揣摩上意的力度要十分注意，過度了，便只是逢迎拍馬，迹近諂媚，甚至

---

14 主簿乃古代官名，起源於漢代，主管文書簿籍及印鑑，即起草文件、管理檔案，以及各種印章等，大約相當於現代的秘書或主任秘書一職。

是功高蓋主，招人嫉妒。《世說新語‧捷悟》記載了另一段關於楊修與曹操的故事：

> 人餉魏武一桮酪，魏武噉少許，蓋頭上題「合」字以示眾。眾莫能解。次至楊脩，脩便噉，曰：「公教人噉一口也，復何疑？」

有人送了一杯奶酪給曹操，曹操吃了一點兒，便在蓋子上寫了一個「合」字拿給大家看，無人看懂這是甚麼意思。依次輪到楊修，楊修接過來了便吃了一口，更指出曹公教每人吃一口，不用猶豫！

眾人皆不明白曹操用意，只有楊修一人知曉，遂將奶酪吃掉。破解曹操所設謎題，正是楊修能夠揣摩上意，而又聰明絕頂。後人或認為楊修之死乃因曹操忌才，以楊修之才智過於己。劉辰翁認為《世說新語‧捷悟》所見數則楊修故事，「皆德祖之所以可惜、所以致疑也。傷哉！」劉說非是。曹操為人愛才，在建安十五年（210）曾下求賢令，明言「二三子其佐我明揚側陋，唯才是舉，吾得而用之」，願臣下要助他發現那些埋沒在下層的人才，只要是有才能的就舉薦出來，自己便能加以任用。

當然，在上位者之威儀本是不可侵犯，否則便會招致忌才。工作的時候，我們自當盡忠職守，發揮在這個工作崗位之上需要的才能，輔助公司之餘，也算是克盡己任。在上司面前，揣摩上意說的並非要拍馬屁，而是認清老闆的器量。曹操

與楊修，前者愛才，後者有才，乃是天衣無縫。如果在上位者忌才，而我們懵然不知，那便大禍臨頭了。作為老闆，應當有着如曹操般的器量，畢竟下屬有才，只要自己不失面子，最終得益的只會是公司企業。

楊修之死

從上述兩章《世說新語・捷悟》之文，可見楊修的才捷過人。三國時代由於國分為三，各國特別重視人才，情況如同春秋戰國時代一樣。曹操愛才，故任楊修為相府主簿。後來，楊修成為了曹植的幕僚。另一方面，爭奪太子之位的曹丕，與楊修亦見友好。據《三國志》裴松之注所引《典略》，楊修嘗以所得王髦劍贈予曹丕，而曹丕亦一直帶着此劍。然而，曹操既已立曹丕為太子，則楊修作為曹植黨羽的身份，遂使他遭到殺身之禍。若乃《三國演義》所述，曹操因忌才而殺掉楊修，則是小說虛構之言，未必真實。總之，聰明絕頂實在是一把雙面刃，世人以此認識楊修，但楊修也因此而死。

聰明絕頂，自是美事，可是楊修卻在曹魏立嗣的過程裏因為輔佐曹植而招致殺身之禍，實為始料所不及。楊修之死，原因在於追隨了錯誤的主子。有才華的人，卻因追隨了不該追隨的人，導致了身首異處的後果。這種情況在歷史裏也不乏其人。遠的不說，同是三國時人，諸葛亮追隨劉備，結果也算不上是成功。古人侍奉君主，也「以道事君，不可則止」，臣下以正道來侍奉君主，如果行不通，就應該辭職而去，不再當大

臣。追隨了錯誤的人，後果實在不堪設想。在現代社會裏，進
入某公司工作，也要弄清楚工作性質，公司的前景如何，否則
即使再有才華，到了一所無甚發展空間的公司，也難以一展抱
負。

6.4

正氣凜然的祖逖

正確的行為，應該要堅持去做，不能輕易言棄。做人要挺直腰板，面對權貴，如道理在我，自當據理力爭。東晉初期的北伐名將祖逖便是這樣的人物。據《晉史》本傳所言，祖逖自小便「輕財好俠，慷慨有節尚」，《世說新語・豪爽》記載了一段他與大將軍王敦的故事。

瞋目厲聲的氣勢

與人對話，眼神接觸十分重要。孟子說：「聽其言也，觀其眸子，人焉廋哉？」孟子認為聽一個人說話的時候，注意觀察他的眼睛，其善惡真偽便無所遁形。《世說新語・豪爽》載錄祖逖如何與王敦說話：

> 王大將軍始欲下都處分樹置，先遣參軍告朝廷，諷旨時賢。祖車騎尚未鎮壽春，瞋目厲聲語使人曰：「卿語阿黑：何敢不遜！催攝面去，須臾不爾，我將三千兵槊腳令上！」王聞之而止。

大將軍王敦起初想領兵順江直下京師建康（今江蘇南京），要對朝廷官員作出處理與安排，便先派遣參軍去報告朝廷，並且向

當時的名流暗示了自己的意圖。那時車騎將軍祖逖尚未鎮守壽春，他怒目厲聲地告訴王敦的使者，請使者告訴阿黑，怎麼敢如此傲慢無禮！請他趕快掉頭回去！只要稍有遲疑不馬上走，便率領三千兵馬用長矛戳腳趕他回去。王敦知悉祖逖的想法後，便停止了而沒有東進。

　　王敦為琅邪王氏的成員，與王導一起協助司馬睿建立東晉。王敦乃當時權臣，據祖逖叱之的口吻，謂以長槊戳其腳溯江而上，送王敦回老家，則王敦當時應該鎮守武昌。祖逖所言「阿黑」，是王敦的小字，加之以稱王敦為「不遜」，皆可見祖逖直斥王敦的氣勢。後來，王敦果真起兵作亂，謀求篡位，事未成而病逝，享年五十九歲。祖逖為人正氣凜然，當時乃是義正詞嚴斥責位高權重的王敦，令人景仰。與人對話，能夠以雙眼正視，可證道理在我，毫不退縮。只要我們看看公眾人物在電視節目裏的演說，有些總是東張西望，眼神閃縮，迴避鏡頭，有些則是如戲子般有着堅定的信念，即使我們明白這些人都不過是在「做秀」，但人與人之間還是比較喜歡有着眼神的交流，大家也自然是比較喜歡演技精湛的一位。

明辨是非

　　在權貴面前，我們很多時候只能唯命是從，少有反抗。如果權貴所言非是，在情況容許下，理應明辨是非，而不盲從附和。《世說新語‧賞譽》載劉琨稱譽祖逖為「朗詣」，即開朗通達之意。劉琨與祖逖為好友，「情好綢繆，共被同寢」，即二人

情意殷切，同床共枕而臥。兩人「並有英氣」，每多討論世事，至夜半而起，相語：「若四海鼎沸，豪傑並起，吾與足下當相避於中原耳。」(《晉書·祖逖列傳》)二人商議，如果天下大亂，豪傑並起，便當再到中原去。凡此種種，皆可見祖逖為人早有戮力收復河山之志。

王敦雖是權貴，但祖逖毫不畏懼，直斥其非。從小到大，家庭、學校都會教導我們是與非的標準，在潛移默化的情況下，要明辨是非似乎並無難度。事實卻非如是。在權力的爭鬥中，在爾虞我詐的社會裏，礙於對方的權力與地位，我們很多時候都在不問情由的狀況下屈服了。人貴乎能作反思。還是孟子說得好：「自反而縮，雖千萬人，吾往矣！」反躬自問，正義確在於我，對方縱是千軍萬馬，我也勇往直前，無畏無懼。王敦志在篡弒，犯上作亂，難抵其助建東晉之功，祖逖因而無視他為大將軍之威勢，瞋目厲聲以責之。最後，祖逖的正氣凜然終使王敦知難而退，暫停了向東進發。

是非標準，一旦定下來了，便不得動搖。是其是，非其非，知易而行難。我們可以有着眾多的行事原則，有些原則或者可以暫時放下，不必一成不變，但有些原則，乃是我們行事時的底線，不可動搖，也不得動搖。如果終極的底線也放棄了，那便是胡作非為，窮斯濫矣！

奮發向上

祖逖在西晉末年出仕，其時政治黑暗，權臣橫行。如前所

述，祖逖與劉琨乃是好友，《晉書・祖逖傳》更記載了「聞雞起舞」的故事：「中夜聞荒雞鳴，蹴琨覺曰：『此非惡聲也。』因起舞。」夜半之時，祖逖聽見野外的雞鳴聲，便將劉琨踢醒了，指出此非惡聲，然後便跟劉琨起床舞劍。正因不間斷的鍛煉，祖逖成就了上佳武藝，在多次戰役中取勝，獲封為鎮西將軍。

能在清晨起來聞雞起舞，所需要的正是奮發向上的毅力。在雞啼之時便立刻起床鍛煉，決心在在可見。那麼，每天雞鳴又在甚麼時候呢？其實，雞鳴從三更開始，一直持續到五更，每更一次。因此，每晚第一次雞鳴大概在晚上十一時至凌晨一時，第二次雞鳴在凌晨一時至三時，第三次雞鳴在凌晨三時至五時。所謂「雞叫三遍天下白」，第三次雞鳴之時，正是平旦之時，天色發白，在日出之際。祖逖與劉琨聞雞鳴而起，究竟在公雞哪次鳴叫之時，並無明載，但早起則屬必然。

今天，不同的研究同樣發現了不少早睡早起的好處。例如歐洲有心理學家指出，每天早起的人在潛意識裏，其可供支配的時間，較諸晚起者而言是比較長的。日本厚生勞動省嘗以四百多位職員作為研究對象，以「早睡早起」與「遲睡遲起」兩批人的精神憂鬱度自我判斷做了問卷調查；以及比較了這兩類人士在上班和回家時唾液中皮質醇的指標。[15]據分析結果，「早睡早起」者的皮質醇指標較低，較少精神憂鬱，較諸「遲睡遲起」更為健康。祖逖的奮發向上，在聞雞起舞的小事已可見端倪，同時也說明了規律生活的重要性。

---

15 皮質醇是腎上腺所分泌的激素，在應付壓力中扮演重要角色。

6.5

患難見真情的荀巨伯

　　人生有喜也有悲，跟朋友一起度過的日子，也是悲喜交集。一班人終日吃喝玩樂，是否好友，難以言詮。有福容易同享，有難難以同當。臨難之際，最能見證珍貴的友誼，《世説新語‧德行》便記載了荀巨伯與其友人的故事。明人李贄稱譽此乃「千古一朋」，歌頌了二人的友情。

友道精神

　　在中國傳統文化裏，有所謂「五倫」的五種人際關係，其中唯有朋友一倫完全出於個人的選擇。荀巨伯與其友人，便是一段賺人熱淚、感動人心的友情故事。

　　　荀巨伯遠看友人疾，值胡賊攻郡，友人語巨伯曰：「吾今死矣，子可去！」巨伯曰：「遠來相視，子令吾去；敗義以求生，豈荀巨伯所行邪？」賊既至，謂巨伯曰：「大軍至，一郡盡空，汝何男子，而敢獨止？」巨伯曰：「友人有疾，不忍委之，寧以我身代友人命。」賊相謂曰：「我輩無義之人，而入有義之國！」遂班軍而還，一郡並獲全。

荀巨伯是東漢人，生平無考，唯一見稱後世的便是《世說新語》所載此事。荀巨伯到遠方探望生病的朋友，正好遇上胡人前來攻城。朋友認為自己快將死了，遂請荀巨伯趕快離開。荀巨伯回應道，自己遠道而來探病，友人卻要他離開；如此敗壞道義以求生存之事，難道是自己應該做的嗎？後來，賊兵來了，問荀巨伯何以在全城的人都已逃走的時候，竟敢獨自停留於此。荀巨伯指出，因友人生病，便不忍心拋下他，更寧願用自己的性命來換取友人的性命。賊兵聽後，相互交流，認為像自己這種無義之人，卻要攻入講究道義的地方！最後，胡人調動軍隊回去了，整個郡城因此而得到保全。

荀巨伯的友人是誰，無從稽考，但肯定的是二人感情深厚。古代出門不如今天方便，唐代韓愈寫下了流傳千古的名篇〈祭十二郎文〉。韓愈在文中便指出姪子韓老成患上了腳軟病，行動不便，自己卻忽視了疾病的嚴重性，沒有前往探望，結果韓老成突然病故，使韓愈悲痛不已。荀巨伯遠道而來，雖然適逢胡人來襲，但也不想就此回去。真正的友誼驅使人排除萬難，赴湯蹈火，也不要給自己太多的藉口，以免日後追悔莫及。

先人後己

先考慮別人，再想到自己。這是完全違反了「人是自私的」的成說。近代政治理論家馬基維利（Niccolo Machiavelli）認為，古代學者研究人性時並沒有指出人性裏較為醜陋的面

向，例如是自私自利、不知感恩。至於美國人史密斯（Arthur Henderson Smith）那部爭議頗多的著述《中國人的性格》（*Chinese Characteristics*），指出了中國人有着缺乏公德心、缺乏同情心的特點，其實也與「人是自私的」相吻合。因此，荀巨伯能夠做到先人後己，尤其值得後世景仰。

《禮記·坊記》云：「君子貴人而賤己，先人而後己。」處處要先考慮別人，以別人為先，要做到並不容易。考慮別人的感受，即是時常做到感同身受，說的是我們的同理心。例如在大學宿舍裏，廚房、衛生間是共用的，時刻保持清潔，便是為人又為己。可是，在大部分的情況下，總會發現宿舍公共地方的衛生情況極度欠佳。隨處擺放尚有剩菜殘羹的碗碟，堵塞了的洗手盆，無人理會早已在冰箱裏發霉的蔬果，皆在在可見。如果我們說大學是社會的縮影，那麼，這種毫不考慮別人感受的行為，便代表了這些大學生將來在社會裏也不會有着感同身受的表現。

能夠考慮別人的感受十分重要，但也不要總是只有顧慮，如何取得平衡才是關鍵。如果永遠只是顧及別人的感受，很容易便會喪失了自我，做起事來或會畏首畏尾，一事無成。因此，考慮別人與為自己設想，就像放在天秤兩端，不多不少，既有自我而又不失同理心才是完美。

捨生取義

人只有一次生存的機會，失去了生命，告別了人世，然

後便沒有了然後。因此，孟子説：「可以死，可以無死，死傷勇。」（《孟子》8.23）可以死，也可以不死的，死了便是有損勇敢。面對生死抉擇，有時候活下來需要更大的勇氣；輕易言死，這只是好勇鬥狠的勇，並非真正的大勇。捨生取義是最後的選擇，但人生可以有的選擇非常多。南宋末年，文天祥率領宋軍與元軍作戰，落敗被俘，元人多次招降，仍不為所動。即使元世祖忽必烈親自勸降，文天祥依舊堅貞不屈，更謂「一死之外，無可為者」。最後，文天祥被押赴刑場處決，向南宋國都臨安方向再拜，從容就義。〈過零丁洋〉與〈正氣歌〉皆是文天祥留給後世的文學作品，也代表了他的抉擇。文天祥肩負起民族大義，才會有如此的舉措，歷史上也只有一個文天祥。

因胡賊將至，友人請荀巨伯趕快離去，不要白白犧牲。但荀巨伯表示自己絕不「敗義以求生」，這裏帶出了一個「義」字。「義」是正道、正理，是合適合宜的事情。敗義之事，便是有違正道的事情。不義之事不可做，自是理所當然。荀巨伯的情操更為高尚，跟胡賊表示因友人有疾，自己可以「寧以吾身代友人命」。如此德行，高風亮節，甚至感動了胡賊，最後胡人更撤軍而回，荀巨伯的義舉拯救了全郡的百姓。劉辰翁説：「巨伯固高，此賊亦入『德行』之選矣。」突顯了胡賊亦是有德之人。

人生路上會面對很多的抉擇，我們不是荀巨伯，更不是文天祥，生命只有一次，應當好好珍惜，不要輕言犧牲。至於不同類型的取捨，則時有發生，學會取捨之道也很重要。例言

之，每天只有二十四小時，即使要做的事情有很多，但時間就是如此，不會為了任何人而有所增減。玩遊戲可以與友人開心快活，努力溫習可在考試取得佳績，時間只得如此，我們便要作出取捨。Why not both? 何不兩者都要，似乎會是不少人的想法。然而，現實情況是人生永遠在面對不同的抉擇，條條大路通羅馬，最重要是選擇了一條無悔的道路。

責任編輯：羅國洪
封面設計：張錦良

中華經典的智慧

作者：潘銘基

出　　版：匯智出版有限公司
　　　　　香港九龍尖沙咀赫德道2A首邦行8樓803室
　　　　　電話：2390 0605　　傳真：2142 3161
　　　　　網址：http://www.ip.com.hk

發　　行：聯合新零售(香港)有限公司
　　　　　香港新界荃灣德士古道220-248號荃灣工業中心16樓
　　　　　電話：2150 2100　　傳真：2407 3062

印　　刷：陽光(彩美)印刷有限公司

版　　次：2024年2月初版

國際書號：978-988-76912-7-3

潘銘基作品

孔子的生活智慧
（增訂版）

孟子的人生智慧